日常小感

北原白秋
宮本百合子
岡本綺堂等 —— 著
侯詠馨 —— 譯

打開文豪最自在的秘密空間

文豪書房的二三事與泡湯的放鬆時光

目次

輯二　去泡湯

導讀

我不在書房，就在往澡堂的路上

◎王文萱（作家、日本京都大學博士）

書齋與澡堂，大抵是文豪們生活當中重要又最私密的兩個空間吧。書齋是文豪們嚮往的一方天地，也許書籍成堆，也許家徒四壁，也許寬敞自在，也許侷促狹隘——書齋中的一紙一字，或是窗外的風吹草動，都可能成為文豪們文思泉湧的靈感來源。

而「洗澡」，可說是日常小事，卻又是每日不可或缺的大事。尤其受天然地熱之賜的日本人特別喜愛溫泉，因此泡澡可說是重要的日本文化。本書收錄了十篇文豪之於書齋，九篇文豪之於泡澡、泡溫泉，究竟文豪們會如何描寫這兩處又日常又私密的空間，以及自己與空間碰撞出的行為或軼事呢？

哲學、評論家土田杏村〈我的書齋〉，仔細地介紹了屬於自己的這一方空間。作者不僅描述了自家書齋的大小及位置、藏書豐沛的狀況，接著講述從何處買書、苦心蒐集哪類書籍，從他收藏涉略之廣度，可想見家中被書充斥得如何侷促。他甚至為了買書而賒賬，可見他愛書成癡、藏書成癮之甚了。

翻譯、思想家辻潤的〈書齋〉，以及詩人北原白秋的〈書齋與星星〉，牧野信一的〈拋棄書齋〉，則是講述自己沒有書齋之苦。過著自由放浪生活，最終竟窮困餓死的辻潤，從他對理想書齋的描述，也可看出他獨特想法的端倪。他曾經嚮往有間書齋，總算得到了滿足的生活，卻因為消極與生活不穩定，遠離了書齋，覺得自己還是適合在「以竹為柱，茅草蔽頂，風一吹就會倒的屋子裡」。小說家牧野信一書寫〈拋棄書齋〉時，已是人生晚年。三十九歲便自殺逝世的他，此篇文章當中看得出對不安穩的生活感到疲憊。他厭膩了旅館生活，安定的書齋、屬於自己的書桌，成了心中的渴望。

北原白秋曾在一九一八年移居小田原，在傳肇寺內建了名為「木兔之家」的屋子，居住了八年之久，在此時期創作了許多知名童謠。後來因關東大地震，他搬到東京，居住環境不如小田原愜意。此篇文章便是用〈東京沒有星星〉、〈也沒有書齋〉，來比喻、感嘆他已逝的小田原時期。

豐島與志雄的〈壁虎〉及〈美醜〉兩篇，則是作者在書齋當中細膩觀察引發的一連串想像。從觀察書齋當中壁虎的一舉一動，延伸到觀察他人的身影、自己的身影，甚至懼怕了起來……。或是觀看夏天飛來書房當中的蟲子們，為他們飛舞的姿態感到美麗欣喜，卻又因為厭惡其中幾類蟲子，而對美與醜有了更多的體悟。他生活在書齋當中，也在書齋當中汲取靈感創作。

俳人、小說家高濱虛子的〈椿子物語〉，從他在鎌倉住處的書齋「俳小屋」寫起。由於他在書齋當中堆放了許多俳書以及俳句原稿，因此便命名為俳小屋。某天人偶製作家山田德兵衛送來了一個女人偶，作者將其取名為「椿子」，擺放在書齋當中。故事中段作者書寫了與俳人安積素顏及女兒叡子的緣分，後來作者則將人偶椿子，送給了叡子為伴。故事當中穿插了許多俳句，記實也抒情，是篇特別的小品。

芥川龍之介的〈漱石山房之冬〉以及宮本百合子的〈祖父的書齋〉，則是描寫對他人書齋的回憶。一九一五年十一月，東京帝國大學在學中的芥川經由介紹，拜訪了當時已是文豪的夏目漱石。隔年二月芥川在同人誌《新思潮》發表了短篇小說〈鼻〉，漱石讀了寫信給芥川，對他的作品讚賞不已，這對芥川來說是非常大的鼓勵。但該年年末，漱石便去世了。兩人的交流只有一年，但非常緊密。從漱石逝世多年後，芥川書寫的這篇〈漱石山房之冬〉，便可窺知。

宮本百合子在年幼時記憶中的〈祖父的書齋〉，充滿著神秘感。作者從對祖父書齋的印象寫起，記錄了自己從小閱讀的繪草紙、雜誌，以及父親書櫃上的各種小說，還有後來接觸的國外小說，直到後來成長到能夠自己去買書。文中看得出作者對書的重視及珍惜，作者也在文末提醒讀者要愛書、尊敬智慧，反思閱讀該有的心。

內田魯庵的〈家庭閱覽室〉，則是建議一家之主的書齋，應該改成全家大小皆能使用的閱覽室，讓讀書學習不再只是屬於男人的事情，主婦、兒童也應該習慣讀書。這篇文章反映的現象，當然是從前的價值觀——男性首重讀書出人頭地，女性則少有讀書受教機會。但作者希望閱讀習慣是屬於每個人的，並且提出「讀書原本就是娛樂」這個重點，打破當時許多人對讀書以便出世的迷思。

讀完了文豪之於書齋，接著泡澡這件人生大事，文豪們又是如何看待的呢？小說、劇作家岡本綺堂〈明治時代的湯屋〉，考察了湯屋的歷史及變遷。〈甚至想買泡澡桶〉一文則寫了他泡澡的各種回憶及樂趣，可窺見他如何喜愛泡澡。小說家坂口安吾則特別喜愛泡溫水澡，〈溫水浴〉一文當中，表示讓自己身體與熱水溫度一致的狀態，是最好的，甚至「宇宙就在這裡」。

物理學者、隨筆家中谷宇吉郎，是世界上首次成功製作出「雪」的科學家，這樣的他，十分喜愛溫泉，〈溫泉一〉、〈溫泉二〉兩篇，道出了他對溫泉的喜愛、泡溫泉的經驗、以及對溫泉的了解與觀察。文章中還提到使用地熱發電的可能性與否，不愧是出自科學家的隨筆。

寺田寅彥的〈伊香保〉及萩原朔太郎〈石階上的城鎮〉，描述的是位於群馬縣澁川市伊香保町的著名溫泉——伊香保溫泉。在日本最古和歌集《萬葉集》當中就曾登場的伊香保溫泉，歷史悠久，明治時代之後許多文人喜愛造訪。日本近代詩之父萩原朔太郎的故鄉前橋，距離伊香保不算遠，因此他從孩提時就時常前往。在他的形容當中，伊香保在自然及設施方面，是個「中庸」的好溫泉，不算特別頂級，卻溫穩嫻雅，讓人感覺熟悉又不厭膩。物理學家、隨筆家、俳人寺田寅彥的〈伊香保〉寫的是首次造訪伊香保溫泉的體驗。周末遇到團體客，雖然掃了不少興，但旅程中的各種體驗，仍然讓他恢復了身體狀況。

女流畫家上村松園記載的溫泉，則是位於長野縣致賀高原的「發甫溫泉」。在兒子推薦來到發甫的作者，目標是山上幽邃的「天狗溫泉」，雖然設備不夠完善，但遠離塵囂的景致，讓作者十分推薦。民俗學者、詩人折口信夫的〈山中溫泉雜記〉，一路描寫了山形縣的白布溫泉、最上溫泉、上山溫泉、赤湯溫泉、肘折溫泉，宮城縣的青根溫泉、御釜溫泉，新潟縣的湯澤溫泉等地。這些溫泉地天氣寒冷，泡溫泉可說是日常生活的一部分，正如作者所說「出羽奧州那邊的人，與其享受泡溫泉的樂趣，更像是把泡溫泉當成一年之中的重要活動」。作者記這些溫泉的地理位置、特色及生活型態等，可看出對這些溫泉非常熱衷且熟悉。

從書齋到澡堂兩個日常又私密的空間，看得出文豪們的生活、興趣喜好，甚至是思考脈絡。可見文豪們人生中重要的書齋與澡堂，不僅大大造就了他們的生活型態、以及舒適與否，還成了文豪們思索、書寫的靈感來源。

輯一

在書房

我的書齋

土田杏村（つちだ きょうそん，1891 — 1934）

書齋之中，雜亂地放著書籍。剛開始，我把四張半榻榻米大小的房間做為會客室， 後來苦於無處放置書籍，也沒辦法隨心所欲了。

雖然寫了標題，可是我不知道該寫些什麼才好。我只是一介讀書人，是不是能寫一些成天窩在這間書齋裡的事呢？

關於我的書齋，先從大小說起好了，我家一共有三間房間，分別是四張半榻榻米、六張榻榻米、十張榻榻米大小，雖然這麼說，也只是原野之中極小的屋子，不過我的書齋大約占去總面積的一半。原本蓋這座屋子的時候，我就希望能座落在距離京都郊外十分遙遠的地方，能夠讓我不受別人打擾地從事我的讀書與寫作。因此，我選了一個完全聽不見家人在屋裡交談聲音的地方，蓋了一間別館。一開始是一棟只有兩間房間的西式建築，去年增建了一間十張榻榻米大小的房間。我把床擺在這裡，成天都窩在裡面。我讀了櫻井祐男[1]拜訪寒舍的訪談錄，寫著「可見馬口鐵的屋頂」，那並不是馬口鐵，而是淺野石板瓦[2]的屋頂。順帶一提，櫻井也提到田裡有一片小雜樹林，寒舍就建在其中，這也不是雜樹林，而是寒舍事後才在庭院種植的樹木。不過我們並未找來園藝師整理，而是放任它們自由生長，才會發展成雜樹林。在另一位某某的訪談錄中，也寫到像是大病初癒者的頭髮，此話說得十分貼切。

書齋之中，雜亂地放著書籍。剛開始，我把四張半榻榻米大小的房間做為會客室，後來苦於無處放置書籍，也沒辦法隨心所欲了。這裡擺了兩張書架，四周的牆壁則盡量擺上架子，儼然成了書庫。底下也雜亂地擺放著書本。六張榻榻米大小的房間既是書齋也是會客室，同時也是書庫。狹窄極了。十張榻榻米大小的房間擺了床，完全成了我的起居室。近來，我主要把這間房間當成書齋使用。每一間房間都盡可能地塞滿書本，逐漸侵入到走廊，漫延到其他的房間，就連臥室的壁龕上都堆著書山。醒著與睡著都被書本包圍，並不是一件樂事，都想要一間清爽的房間了，可是這麼奢侈的事，我可不敢輕說出口。

譯註1　一八八七—一九五二。教育家。
譯註2　由淺野石板公司生產的石板瓦。

我向五、六間書店買書。外文書是丸善，進貨隔天就會寄明信片通知新書資訊。中文書則是彙文堂會送目錄過來。日文書則有三、四間零售店會爭相送過來，不需要擔心。其中有一家專門賣美術書籍，總會送來新書。二手書則會請東京與大阪的五、六家書局送來目錄，透過這些管道購買。外文書以哲學與社會問題的書籍為最大宗。屬於比較罕見的書。也有在大學圖書館與研究室找不到的書。遇到以現代哲學為中心的書籍，我會盡可能地蒐藏。

十張榻榻米大小的房間，就是我目前的書齋，存放著研究日本事物的書籍，也是我最煞費苦心的部分。民族學的研究書籍，我已經無一遺漏地收藏了。文學方面，我費心蒐藏各種古典文學書、俳句書籍、詩歌集。最近也開始蒐集戲劇類書籍。藝術則是以奈良為中心的古佛教藝術相關書籍為最大宗，由於這部分也蒐藏地差不多了，所以我也開始蒐集古鏡、古織品、古陶器的藝術書籍。這些藝術書籍全都十分昂貴，令人煩惱。然而，事後回顧起來，我認為它們也會成為世界上最稀奇的蒐藏。佛教藝術的照片大致上已經沒有缺漏了。以《法隆寺大鏡》、《七大寺大鏡》、《日本國寶全集》為首，我已經盡可能蒐集了所有的文獻。至於韓國、中國、印度的藝術攝影集，我也打算在我的財力允許之下，費盡苦心盡量多加蒐藏。各府縣出版的地誌類書籍中，我也蒐藏了與藝術有關的書籍，這個部分很難收齊，我感到很困擾。例如韓國總督府[3]的出版品，蒐集的難度實在太高了。儘管如此，調查慶州金冠塚等知名書籍，倒是蒐集得差不多了。奈良縣的史蹟名勝自然紀念物調查報告，我從昨天起，打算從第一集開始慢慢買齊，這真是一大樂事。每回看到書籍型錄，我就會像個餓死鬼一般，拚命搜尋內容。

近來，出了許多的全集，真是太感謝了。只要我買得到，就會買下來。影響力較

譯註3　日本統治韓國期間，於首爾設置的最高政府機構。

大的書，我通常都會蒐集。無聊的全集只會占空間，就算是圓本[4]我也不打算購買。如今，我最煩惱的問題就是沒地方放書了。我甚至想要搬到東京，不過，這時最煩惱的又是該怎麼處置這些書了。容得下我的租屋處，根本沒地方可以擺這麼多書。

我也買了很多雜誌，同時也拿到許多免費的。所以有名的雜誌我通常都有。我想每個月大概會收到七十幾種雜誌吧。我當然不可能每一本都翻閱，不過我還是很想要。只要是贈送的雜誌，我全都想要。而且我一本都沒丟，好好保存著。報紙則會存放一年左右。等到我要寫評論的時候，這些都是很好用的資料。雜誌也是一樣，當我從東京搬到京都之時，把覺得不需要的賣掉了，如今我又覺得需要了，拚了命地蒐集著，即使現在覺得用不到，我也會盡可能留著，不要丟掉。

整理這些書非常辛苦。雜誌的整理全都交給妻子處理了。至於哪本雜誌放在哪個地方，我完全不知道。因為我的興趣一直不斷地改變，只會整理現在覺得有趣的工作書籍，但是，我認為更艱難的，是購買這些書的財力。有時候，就連我都很佩服自己，怎麼有辦法靠自己的能力買下這麼多書。我老是受到妻子的責罵。昨天的結帳日也是，妻子拿帳簿過來，說這個月的書錢花了兩百三十圓，要是自己的兒子這麼不檢點，早就逐出家門了。除此之外，還有一百多圓付不出來，只好先賒帳，真是糟糕。因此，我買書時的焦慮與苦悶，可說是非比尋常。掙扎到底要不要買，最後決定不買時，我應該露出了世上罕見的寂寞表情吧。畫集多半要兩、三百圓。雖然我已經買了《座右寶》，當書店送來兩、三種兩、三百圓的畫集時，那種興奮真是筆墨難以形容。這些書就在我的眼前。我把它們擺在書架上試試。不，還是還他們吧，於是又拿下來。這段期間裡的掙扎，是一種令人困擾的病症。

我並不是很在乎身上的衣物。西裝也只有一套，和服只有家居服。最近，我也不怎麼穿那套西裝了，不管冷熱，都只穿一件叫做 **rubashka** 的俄羅斯襯衫。這是一種

譯註4 一九二六年起，各家出版社爭相發行每本只要一圓的全集。

很方便的衣服。只要從頭往下套就行了，一點也不麻煩，冬天多穿幾層襯衫就行了。這三、四年，我就只穿著這一件俄羅斯襯衫。帽子只有一頂夏季的狩獵帽。我靠著它過了三、四年的夏季與冬季。反正我也沒有要去學校，不需要打扮。我總是打扮得像一個清寒大學生，在外面散步。我的心裡只有自己的研究。只有書。可憐的是我的家人。要是天上能掉錢下來，不知該有多好，不過天底下可沒有那麼好康的事。

◎作者簡介

土田杏村・つちだ　きょうそん

一八九一—一九三四

哲學家、評論家，本名茂，出生於日本新潟縣。曾於東京高等師範學校博物學部師事丘淺次郎，學習生物學。大學畢業後，於京都帝國大學哲學科進修，並接受西田幾多郎的指導。一九一九年，設立日本文化學院。隔年一九二〇年，創立雜誌《文化》並撰寫評論，評論內容涉及社會、教育、文學、藝術等方面，尤其對當時逐漸抬頭的馬克思主義多有批判，自此便持續著述直至逝世。此外，亦推展自由大學運動以及新短歌運動。晚年則多臥病在床，潛心於日本文學、日本美術史等研究之中。

書齋與星星

北原白秋（きたはら はくしゅ，1885-1942）

雖然那間房子在地震中半毀了，而且二樓連小孩走動都會搖晃，我卻在那裡度過極為愜意的季節風光。那裡宛如向草木及昆蟲世界租來的屋子，為我們帶來許多樂趣。

我家的孩子經常說：

「東京沒有星星耶。」

「哦哦，對啊，我也沒有書齋。」

這是身為父親的我本人的嘆息。

小田原的天神山，可以盡情觀賞每一個星座。山景風光也十分明媚鮮亮，在樓上露台或臥房仰望的夜空，格外迷人。來到東京之後，幾乎再也看不到了。儘管如此，這谷中的墓地還算不錯。有時候，遇到晴朗的滿月之夜，還能看到木星鮮明地閃爍著。然而，我們家的院子裡有菩提樹與錐樹，遮蔽了孩童的視線。

還有這裡的房子。院子寬廣，種了不少樹，屋簷相當深，有幾分古典的幽雅情趣，帶來豐饒的感覺，不過，沒有一間房間有直射陽光。很潮濕。和小田原完全開放的房子相比，實在是差太多了。雖然那間房子在地震中半毀了，而且二樓連小孩走動都會搖晃，我卻在那裡度過極為愜意的季節風光。那裡宛如向草木及昆蟲世界租來的屋子，為我們帶來許多樂趣。我的書齋同時也是起居室、是臥室、是客房、是餐廳，還是孩子的遊戲房，而且有時候看起來還像工廠，不過，在那雜亂之中，真的有適度的和諧。鮮少來客，寧靜無聲，我可以盡情徜徉在閱讀、思考與創作當中。來這裡之後，我失去了這一切。

從五月到現在，我依然住不慣這房子。儘管每一間房間都很和諧、方正，不過這一點反而帶給我壓迫感。不管把書桌放在哪裡，感覺就是不對勁，只好一會兒坐這裡，一會兒坐那裡。什麼東西都扔進房裡，雜亂不堪，不過我卻沒有房間可以收拾。我認為這是一間閒寂又深奧的家，卻也是必須戒慎小心的地方。

話說回來，來這裡會面的訪客非常多，最多的日子甚至有三十個人。剛開始還來了不少乞丐。後來我將星期四訂為會客日，在大門旁邊掛了一塊木板招牌，真心為我的工作著想的人，似乎沒有那麼多，成了我深刻的煩惱。我明明特地為了會客日空出時間，等待訪客上門，來訪的卻只有一、兩個人。後來，那塊會客日的招牌也不知道被誰偷走了。

自從搬到這裡之後，我從不曾有一天晚上能寧靜地獨處。要是再繼續下去，我一定會毀滅吧？雖然不是讓我無法工作的痛苦。不過我快要生病了。

我好想回到小田原，那個已經毀損的木兔之家。

◎作者簡介

北原白秋・きたはら　はくしゅ

一八八五—一九四二

詩人、童謠作家，本名北原隆吉，原籍福岡縣柳川，早稻田大學英文科畢業。自中學時期起，便以「白秋」之名發表詩文。一九〇八年，北原白秋參與了文藝雜誌《昴》創刊，並推出首部詩集《邪宗門》，一時蔚為話題。第二部詩集《回憶》，描寫北原白秋對故鄉的情懷，推出後大受好評，逐步建立起他在文壇的地位。此外，他在中年以後與名作曲家山田耕筰聯手打造了許多膾炙人口的童謠。畢生創作作品總計逾兩百本。北原白秋曾於一九三四年應台灣總督府之邀來台。他的故事近年曾被改編為小說和電影，還有〈下雨〉、〈搖籃曲〉多首童謠作品傳唱至今，堪稱是日本的國民詩人。

拋棄書齋

牧野信一（まきの しんいち，1896 - 1936）

在水車小屋一旁，我有一小塊田地，用來交換米、麥子、黃豆之類的作物，酒桶老是滿的，完全不用擔心，即使是大力士，都沒辦法把它搬走。

一

我已經遺忘一件事，很久以前，我曾經擁有自己的家，如今卻過著宛如吟遊詩人般的日子。一直以來，我在憧憬的夢想之中，日日夜夜都抱著放蕩的強烈念頭，儘管如此，我似乎還沒有這樣的雅量，可以親自踏著酒醉的步履前往放蕩的路上，總之，我現在更深刻地體認，我終究只是一名書齋裡的夢想家罷了。如今，不管我住在那個房子，不管我是否從各地的旅館窗口仰望月亮，或是在半島旁邊的小島上，在捕魚人家的別館聆聽浪潮之聲，在我的心中，永遠都盤踞著一個想法，與其思考下一段旅程，我更想早一日回到東京，我再也不想四處奔波，也就是說，我心中強烈地追求生活上的和平。偶爾前往東京拜訪朋友時，看到他們擁有自己的書桌，被書架圍繞，點著明亮的燈光，由熟練的傭人端來茶點，溫和穩重的舉動，成了我最羨慕的事。以前，我也曾經有過幾個家，坐在書桌前，受到幾乎可以說是氣血方剛的夢想與不安追趕，幾經流轉遷徙……宛如追逐鳥跡霧靄，吞噬遙遠的思念一般，也抱著恐懼不安，不知該往何方，隨後，這個念頭只會在心裡逐漸成長茁壯，不過，我的實體仍然在穩如泰山的房子裡安定下來，只能放任心境的恣意放蕩，就連在前途無量的遠方鳴響的逸興之夢，都成了可疑的存在，逐漸衰弱。

與其說現在是花季，燦爛的青葉香氣卻已逼近。今年受到不合時的雨夾雪與雨水的阻撓，這裡的花開得比較晚，比東京早了十來天，卻還算是符合往例。不管在油壺、浦賀、三崎、城島……我總是一個人邊走邊喝，忙得無暇理解現在開花是早還是晚，根本沒發現花朵何時綻放、何時凋零。「洛陽城東桃李花，飛來飛去落誰家？坐見落花長嘆息[1]」——我想起了這句詩，才喝幾口酒就醉了。

我在油壺水族館的沙灘，讓宿醉的腦袋清醒，眺望著大海，這時，不知從哪裡傳

譯註1　出自唐代劉希夷的《代悲白頭翁》。

來非常清晰的聲音，應該是草津節[2]吧？我完全不懂民謠，不過那是相當有趣又悠閒，淒涼的旋律，唱著：「是啊，離開家鄉時……」我勉強可以聽見有人唱著「嘿咻嘿咻」與三絃琴伴奏，以及用盡全力的歌聲。由於附近就是懸崖，因此回音特別大，宛如在耳邊播放的留聲機。我回想起昨夜在旅館角落的居酒屋裡，我跟賞花回來的漁夫們一起聽著從錄音機傳出的歌謠，竟然如此清晰地繚繞在我的耳裡。

漁夫們本以為衣笠山的花應該還開著，於是直奔而去，上山一看，這才發現花已經在一夜之中散盡，簡直就像特地出門欣賞什麼都沒有的藍天似地，失望之餘，打算回到城裡喝酒唱歌，最後在這裡狂歡作樂，我的耳朵都快聾了。

二

我在旅館睡膩之後，只覺悲傷難過，不知如何是好，待在深更半夜依然能喝酒的店裡，最後才心不甘情不願地離開。「海之譽」商標的酒桶真的特別厲害，重點是裡面的液體總是嗆鼻而來，口感嗆辣，稍微多喝個幾口，那餘韻就宛如清脆拔尖的琵琶，在腦海中不停迴盪，一直持續到隔天早上，仔細一想，我總是被迫處於心不甘情不願的狀態之中，同時又更進一步地，不得不買醉，求得一夜之夢，我早已厭膩了旅館的生活，強烈地思慕著一間安定的書齋。

也不知道是打哪來的人，那個人每晚都會來報到。有一搭沒一搭地喝著酒，也不知道有什麼樂趣可言。好，今天晚上，就憑著這股兄弟之情的氣勢，一口氣喝到天亮吧……他們並未發現，我之所以這樣有一搭沒一搭地喝酒，乃是因為這酒實在太難喝了，他們老是拿著大酒杯，胡亂往我的嘴邊塞。我擔心說實話可能會遭人毆打，所以擺出一副奇怪的表情，看似美味地喝著酒，看似美味地喝著難喝的酒，這也是世間的一種折磨啊……我一直感嘆與忍耐，看著人們跳舞，聽著人們唱歌，不知不覺中，

譯註2　草津溫泉傳唱的民謠。

便陷入一種溫暖又恍惚的感覺中。原來如此，只要忍耐一下，最後仍然可以抵達無可有[3]的境界，正好跟我的財力相符，這不是可喜可賀嘛……我想著這些吝嗇之事，愈覺可笑，夜終於迎向黎明。

回到旅館睡覺之前，我帶著這副顯然已經喝醉，只覺萬事太平的腦袋，突然興起想去水族館看看的念頭，於是我抱著愉快的心情，在半夢半醒之間，高興地搭車穿越青葉小徑，前往油壺海邊。

海灘有如一床羽毛棉被，看來相當暖和，映照在岩石上的光線刺眼極了。我像章魚一般，軟弱無力地安靜躺下，一點也感覺不到我對舊書齋等等事物的依戀之情，我回想起許許多多的事物。其中之一是某個草很高的鄉下古老水車小屋的二樓。澄澈的水在窗子底下流動，長著苔蘚的水車，打從多年之前便不停轉動，從未停歇，隱約可見溪哥、鯽魚在水裡游動，只要肚子餓了，我們就會從窗子垂下釣線，將釣線垂著就到書桌旁閒聊，魚上鉤的時候，釣竿末稍的鈴鐺就會響起，於是這樣輕鬆釣到大鯽魚，我們也會從同一個窗戶，伸出老舊的來福槍，把在河岸貓柳與栗子茂盛處的鶺鴒及鷚鳥打下來。在水車小屋一旁，我有一小塊田地，用來交換米、麥子、黃豆之類的作物，酒桶老是滿的，完全不用擔心，即使是大力士，都沒辦法把它搬走。不過，這酒桶最終還是變得無比輕盈，即便是手臂跟鉛筆一樣細的我，都能將它舉起，搖搖看，再也聽不見那令人迷醉的液體聲響了……。

三

水車小屋恰如都德[4]的《磨坊書簡》（*Lettres de mon moulin*），淪落到破敗的下場，我的表情則像書中的塞金一般，充滿憂慮，不得不離開這裡，手持馬的轡繩，

譯註3 出自《莊子・逍遙遊》，指空無所有的地方。
譯註4 Alphonse Daudet，一八四〇—一八九七，法國小說家。

拋棄了所有的一切，屈指一算，那早已是六年前的往事了，我還記得那是青葉之色仍然淺淡的時節。原本打算在水壺裡盛滿酒，卻無法如願，我羞澀地盯著地面，從樹木之間流洩而下的斑駁光影，聽著韁繩末端的鈴聲，走在山路上。這時的風景反而使我留下深刻的印象，如今，我仍然還能想起，快到山頂之時，回頭遠眺遠處低窪處的水車小屋，小屋正上方的天空正好有一隻黑鳶，和諧地叫著，同時繞著大圓圈。

村子邊陲的居酒屋老闆聽說我可能再也不會回來了，十分慌張地追趕在後……。他發出熊一般的巨大聲響，緊跟在我們身後，還記得我們當時嫌麻煩，踹了馬腹，衝下山丘。我並沒有欠那個老爹錢，不過他好像誤會了，誤以我們白吃白喝。馬兒以我熟悉的方式穿越青葉下方，像風一般地騁馳。我再次躲在馬鬃後方回頭，只見老爹以仁王[5]之姿，站在山頂的松樹旁，雙手握拳，上下左右揮動，不知道在大叫些什麼。最近聽說他打算提起訴訟，如果要上法院的話，正好可以釐清孰是孰非，我一點也不害怕。我當然是清白的。然而，儘管那是誤會引起的，我竟然拋棄了一個那麼不高興的人，關於這一點，我不禁感到幾分罪惡。

正當我回憶到這件事之時，不知打哪傳來「啊啊，離開家鄉之時……」的歌聲，我忍不住四下張望。

我一直分不清楚聲音的來源，如果是宿醉的餘音，未免太清楚了，本來以為是某個登山隊的人，在附近樹蔭休息時播放的唱片，不久，草津節變成筑前琵琶[6]又變成浪花節[7]，隨後，旋律又轉為鮮明的立山節[8]，我這才發現歌聲來自遙遠的懸崖之下，海兵團的海軍趁演習的空檔，在岸邊石頭山休息時唱的，我忍不住瞪大了雙眼，懷疑起自己的耳朵。這是因為他們與我之間的距離，遙遠到幾乎無法判斷，我本來以

譯註5 金剛力士，佛教中的守護神。

譯註6 盲僧琵琶的曲調之一。

譯註7 以三味線伴奏，配合獨特樂曲的説唱藝術。

譯註8 花柳界藝者表演的宴會廳歌謠。

為他們的聲音無法傳得那麼遠。

也許是懸崖與發聲者的位置恰到好處，發揮了傳聲管的功能，反而難得一見地造成迴音效果吧。我經常看到海軍們利用休息時間開一場表演大會，不過當時我實在是太高興了，聽得入迷，這也是難得的經驗。「來拍照吧，來拍照吧。」帶著（要塞地區）許可證的攝影師過來找我，於是我抱著彷彿在書齋裡打滾的心情，就這樣攝影留念了。

◎作者簡介

牧野信一・まきの　しんいち

一八九六—一九三六

小說家，出生於日本神奈川縣足柄下郡小田原町。一九一九年，早稻田大學英文科畢業，同年，創立同人誌《十三人》並發表〈爪〉，此作品也受到島崎藤村的讚賞。在島崎藤村的介紹下，於《新小說》發表〈凸面鏡〉。代表作有〈販賣父親的小孩〉、〈鬼淚村〉等。而牧野信一的作家生涯可分為三個時期。初期創作風格為私小說，多是與父母有關的小說，如上述〈販賣父親的小孩〉；進入昭和時期，則轉為創作以鄉土為題材、帶有異國色彩的幻想小說，牧野信一甚至因此被稱作「希臘牧野」；後期則偏向現實的描寫，多是回憶類型的作品。

壁虎

豐島與志雄（とよしま　よしお，1890 — 1955）

他時而出現，時而失去蹤影，並不是每一天都現身，為了他，即使在入睡之後，我依然不曾拉上那扇窗戶的防雨隔板，讓二燭光的電燈亮著。

我二樓的書房，兩邊有玻璃窗，在玻璃窗的某個角落，每到夜裡，就會跑來一隻壁虎。正好與我面對面。我的書桌擺在距離玻璃窗兩尺[1]的地方，桌上擺著一盞檯燈，夜裡追逐光線而來的蟲子，大多會聚集在我正對面的玻璃窗上，獵捕蟲子的壁虎，自然也隨之而來，在我的正對面現身。

那是一隻莫約十公分大小，似乎有點年紀的大壁虎。他在玻璃窗的另一側駐足，所以我總是望著他的腹部。背上應該是參雜褐色斑紋的暗灰色，肚子則是灰白色，似乎已經吞食了不少蟲子，脹得鼓鼓的，偶爾還會用力喘息。四條又短又小的腳，張開五根趾頭，以趾尖圓形扁平狀的部分，緊緊吸著玻璃。

即使隔著玻璃，用裁紙刀的刀尖輕輕觸碰或敲打，他也絲毫不為所動。不知道是悠哉呢？還是大膽呢？亦或是遲鈍得驚人呢？不過，一旦體型稍大的蛾或昆蟲飛過來，他就會看準目標瞬間撲過去，銜在嘴裡，甩頭用力敲打玻璃，等待對手衰弱，再慢慢把牠們吞下肚。也許是食物相當豐富，他對小蟲子已經視若無睹。偶爾飛來比較大的蟲子，他也不打算獵捕，一待就是好幾個小時。

他時而出現，時而失去蹤影，並不是每一天都現身，為了他，即使在入睡之後，我依然不曾拉上那扇窗戶的防雨隔板，讓二燭光的電燈亮著。因為我想為他留下一整夜的豐富打獵場。

我慢慢地愛上了他。……由於我經常移動檯燈的位置，在光影的照射之下，我的身影映在玻璃窗上，與他的身影交疊。這時，我開始在他身上感到一股親密的好感。

有天深夜，大約將近兩點吧，我走在路上。那是一條相當寬廣的馬路，卻異常地冷清，……我想那並非全都是深夜的關係，還有低矮的屋簷吧。那時出現一座巨大的建築物，二樓某個房間的燈還亮著。那棟建築物似乎是醫院，如出一轍的巨大玻璃窗，全都拉上白色的窗簾。其中，只有一扇窗子沒拉上窗簾，流洩出明亮的燈光。

譯註1　一尺約三十公分。

某個人曾寫道：「白天，人們眺望著馬路；夜裡，則是馬路窺探著人們。」倒也不是如此，我莫名地被明亮的房間吸引。看著看著，那扇窗裡咻地（以這樣的快速，又或是慢速）伸出一個人頭，露出臉孔、脖子、肩膀、胸部……，伸出穿著毛巾布材質睡衣的上半身。對方看來十分年輕，卻有一頭凌亂的長髮，雙頰消瘦，睡衣的胸口處敞開，用銳利的眼神，一直盯著窗玻璃，過了一會兒，又突然往內縮。後來，他又咻地伸出頭、臉、肩膀、上半身……，又盯著窗玻璃看了一會兒，然後突然往後縮。

這個動作重複了好幾次。他似乎慢慢地起身，盯著窗上的某個事物，接著突然害怕地蹲下，似乎在重複以上的動作。我一直佇立在原地望著他的動作。看得都忘我了。不久，窗戶不再鑽出人影，只剩下房裡白色天花板上的明亮燈光，似乎什麼事都沒發生過，我反而覺得不舒服，感到一股惡寒，突然回過神來，於是我快步前行。

那名男子在做什麼呢？我無從得知，有天晚上，我發現自己的身影屢屢映照在房裡的玻璃窗上。那身影有別於照鏡子時的清晰影像，而是隱隱約約，明暗差異相當大，看來十分立體，浮在漆黑的半空中。湊近到某個距離一看，那已經不再是我的身影，而成了一個幻影……化為幻覺。

我怎麼能被幻覺困住呢！一名精神病院的住院患者，剛開始害怕自己映在玻璃窗上的身影，隨後也害怕鏡子、害怕水面、害怕黑暗，末了，那身影甚至在白天也如影隨形。某個有名的文學家，曾經看到他自己坐在自己的椅子上，看到他自己先喝掉他正想喝的水，看到他自己先摘下他正想摘的花。

為了熟悉我自己的身影，我經常在玻璃窗上召喚它。儘管如此，我仍未滿足，模仿醫院那名男子，起身又蹲下，讓我自己的身影出現又消失。該名男子是否也從事這樣的行為呢？我依然無從得知。

面對書桌時，即使我有心想要遺忘，偶爾還是會在午夜夢迴時分，被自己在玻璃窗上的模樣吸引。然而，在那裡對著我的，通常是大壁虎飽食的腹部，遲鈍地、悠閒地、自在地，隨時都在，恐怕整夜都在那裡橫行霸道吧。那份捕食生物的貪欲，與我畏懼自己身影的神經衰弱兩相對照，他的貪欲自然更接近神性。關於這一點，我想恐怖並不是智慧的初始，熟悉才是智慧的初始吧。

每到夜裡，壁虎通常會現身。也許是顧慮著我孤家寡人，他總是單槍匹馬。為了他，我整夜都不曾關上書齋的部分防雨隔板，點著微弱的燈火，玻璃窗也不曾上鎖。若說我不夠小心，我想壁虎應該會庇護我吧。

◎作者簡介

豐島與志雄・とよしま よしお

一八九〇—一九五五

小說家、翻譯家。出生於福岡縣，東京大學法文系畢業，在學期間同芥川龍之介、菊池寬等人發起《新思潮》第三次副刊，並於刊物中發表小說〈湖水和彼等〉步入新進作家之列，與太宰治交情匪淺。畢業後於法政大學、明治大學等擔任教職，著作頗豐，出版有長篇小說《白色的早晨》、短篇小說《山吹之花》等。在翻譯方面的成就勝於文學創作，一九一七年所譯法國小說家雨果的《悲慘世界》成為暢銷譯本，其後雖經多次改訂，該版本至今仍廣為流傳。

美醜

豐島與志雄（とよしま　よしお，1890 — 1955）

每到夏夜，我總是與許多昆蟲共處，發現其中就屬蚊子、蒼蠅與最為醜陋。姑且不論吸血、貪吃、有害這些理智的情節，在我書房裡四處飛舞的昆蟲中，以上三者的身體最為醜陋。

夏天夜裡，我的書齋總是比冬夜來得熱鬧。從開啟的窗戶，飛來許多戀慕燈光的蟲子，四處飛舞。牠們以電燈為中心，在天花板、地板、書桌、我的身體，在各個地方飛舞。討厭蟲子的朋友，總是對我的書房皺眉蹙眼。不過，我可不打算為了討好一、兩個人，而關上窗戶，也不打算在窗戶加裝紗窗。此外，儘管在燈火旁邊亂舞，對牠們蟲類來說，往往伴隨著危險，不過我也不打算將牠們關在房間裡。

牠們憧憬夜間燈火的亂舞，超越了人類微不足道的擔心與顧慮，是一種光明正大、開朗愉快的歡喜。牠們沉醉於那股歡喜之中姿態，竟是此等美麗。

有翅膀或有甲殼的大大小小的多種昆蟲，牠們偶爾會在我的亂髮之中迷了路，有時會從我的領口掉進背後，對我造成重大的困擾。然而，對牠們來說，我的亂髮與背後，都是自然的一部分罷了。我只擔心著，會不會不小心把牠們壓死在書本的頁面之間，或是稿紙之間。只要避免把牠們壓死，在牠們的圍繞之下讀書或寫字，對我來說都是一件樂事。能在牠們身上放鬆我疲勞的雙眼，亦是樂事一樁。牠們的身體，竟是那麼美麗。

然而，在這些昆蟲類之中，我唯獨不能容忍者有三種。

其一是蚊子。為了逐血四處飛舞的蚊子。

其次是蒼蠅。在夜裡被光線迷惑的蒼蠅。牠們決計不曾憧憬燈火。只是為燈火迷惑。迷惑的同時，為了貪婪的食欲盪漾。就連以翅膀揮灑著毒粉的蛾，都會歡喜飛舞，蒼蠅的腳尖沾了數不清的黴菌，仍然持續獵捕食物。

第三是天牛。我認為這種蟲子很可悲。天牛的幼蟲在日本稱為鐵砲蟲。會鑽進樹幹，蛀出一個洞，最終導致樹木枯萎。本著愛樹之心，我無法容忍天牛。啃食嫩葉的金龜子比牠好多了。生物活著一定要攝食。然而，鑽進樹幹，讓樹木枯萎，罪不可恕。天牛背負著受到詛咒的命運。

總而言之，每到夏夜，我總是與許多昆蟲共處，發現其中就屬蚊子、蒼蠅與天牛最為醜陋。姑且不論吸血、貪吃、有害這些理智的情節，在我書房裡四處飛舞的昆蟲中，以上三者的身體最為醜陋。美醜的感覺是絕對的。我問心無愧地，坦然地憎恨著蚊子、蒼蠅與天牛。

除了肉體的美醜，有時候，我們會在人類彼此的關係之中，發現超越肉體的精神美醜，仔細想想，還真是幸運。……然而，我同時想起某位女士的話。某女士是一名擁有偉大精神的人士，可悲的是，她長著一只不夠美麗的醜惡鼻子。有一回我們閒聊到鼻子的話題時，她以落寞的語氣說：「別聊鼻子了吧。我這只鼻子……是天生的，我也拿它沒辦法……。」

深夜，我捉住一隻飛進書房的天牛，打算將牠處以死刑，卻又想起這隻蟲子有著宛如彩虹吉丁蟲般的美貌，使我哀傷地想起某女士的話。

書齋

辻潤（つじ　じゅん，1884 — 1944）

話說回來，我有了書齋又能幹嘛呢？ 首先，既然是書齋，至少要有個一、兩百本書吧。再說，像我這樣的人，要在書齋裡做什麼呢？頂多只能讀個兩、三種雜誌吧。

一直以來，我幾乎可以自吹自擂地說，我沒有像樣的書齋，也沒有書櫃的人。過著文筆生活，活到這把年紀甚至不曾買過一枝鋼筆，還把此事當成了不起的特色，自得其得的人。

從前，大約在我二十歲的時候，我在小學擔任代課老師，領著十五圓的月薪，座位就在一名女老師旁邊，當我一臉不悅地沉浸於卡萊爾[1]的《衣裳哲學》（*Sartor Resartus*）時，我想起我們租的那間六張榻榻米大，髒髒的一室，便覺得很想要有一間能夠讓我獨自一人安靜思考的書齋。

有一回，在某種機緣之下，我在職員室不經意地聊起這件事，卻遭到所有人的恥笑。也就是說，一個月薪十五圓的代課老師，竟然想要一間書齋，這個想法太羅曼蒂克了，聽在他們的耳裡，想必十分可笑吧。話說回來，我有了書齋又能幹嘛呢？首先，既然是書齋，至少要有個一、兩百本書吧。再說，像我這樣的人，要在書齋裡做什麼呢？頂多只能讀個兩、三種雜誌吧。要書齋又有什麼意義呢？……他們的心裡肯定這麼想吧。我認真的想法遭到訕笑，感到既羞愧又生氣。當時，我真的發自內心想要一個能安靜閱讀各種書籍的時間與地點。

我想要的倒也不是豪華、氣派的書齋。只是想要一間可以讓自己安靜獨處的房間罷了。

後來，我打拼了五、六年，終於找到一個能滿足我興趣的窩。那棟房子位於東京西北方的郊區。我與母親、妹妹，三個人在那裡生活。現在回想起來，在我的人生之中，那肯定是最平靜、最幸福的時光了。

那棟房子位於丘陵之上。只有三間房間，分別是六張、三張與四張半榻榻米大小，極為迷你的房子，不過，由於房東是個園藝家，屋子的設計極為瀟灑，庭院比較寬闊，院子裡也種了山茶花、南天竹、紫陽花等五花八門的植物。四張半榻榻米大小的

譯註1　Thomas Carlyle，一七九五—一八八一，蘇格蘭評論家。

房間是餐廳，就在玄關一進來的位置，熟悉的訪客一進門就會往左側走，通往裡面六張榻榻米大小的房間。

最後方是三張榻榻米大小的房間，也就是我好不容易才找到的理想書齋。那間房間被屋子裡的走廊隔開，成了類似茶室的別院，是一個有壁櫥，有壁龕，外面有一整圈簷廊，氣派的獨立房間。

獨自窩在這個三張榻榻米大小的房間裡，盡情妄想，任意翻閱閒書，成了我最大的樂趣。

房間裡自然沒有什麼像樣的裝飾。頂多在壁龕的柱子邊隨手扔一些花罷了。不過，壁龕掛著竹田[2]的水墨觀音像，對面的牆上則掛著以神代杉[3]裱框的史賓諾沙[4]肖像畫。那幅掛畫與肖像畫，一直以來都是我的心愛之物，如今，兩者都不在我身邊了。

我曾經過著頗為心滿意足的日子。頂多是由於我的職業較為單調，偶爾讓我感到憂鬱。也就是說，我本來就沒有野心這種東西。

如今，我仍然忘不了在那郊外閒居度過的夏日傍晚情景。丘陵下方是片溪谷，人煙極少，還能遠眺王子[5]的飛鳥山。我忘了那座寺院叫什麼名字，溪谷另一頭的寺院，每到傍晚總會將美好的梵鐘聲響傳到附近一帶。由樹林之間傾洩而來的斜陽、蟬聲、歸巢的鳥影、附近牧場傳來的山羊啼聲……我總是獨自佇立於山丘上，盡情品味此刻的情趣。也許這是消極的行為，卻為我帶來寧靜的幸福。

後來，莫約十五、六年間，我過著幾乎完全將書齋拋諸腦後的生活。也就是說，

譯註2 田能村竹田，一七七七—一八三五。日本南畫家。

譯註3 長年埋藏在水中或土裡的木材。木紋細膩，多用於製作工藝品。

譯註4 Baruch de Spinoza，一六三二—一六七七。荷蘭哲學家。

譯註5 位於東京北區。

因為我的生活基礎不夠穩固，於是懷著懶散的念頭，不管自己身處何處，只要能從事我理想的工作就行了。

自古以來，日本的社會模式及家的構造，便是故意塑造成盡量不讓人們工作的模式，這個說法一點也不為過。尤其當你抱著不符合身分的想法，稍微有心想要拚命工作時，肯定會感到坐立難安。

就算我有家人，如果能有一間工作用的房間，我希望能是一間別院。我有一個單身的工程師朋友，每回跟他碰面，都會跟我聊起他幻夢的單身漢之塔。那是一座圓塔，還有奇怪的螺旋梯，一切都是立體的，盡可能運用近代科學之力打造各種構造……他說了這類的條件，反正那是他酒後的幻想，每次內容都會有不同的變化。如今，在我們這群人之中，肯定有人會蓋出超乎我預料的，像新式迷宮一般的工作室吧，我倒是一點也不意外了。

畢竟我是處於《方丈記》[6]時代的人，我倒是懷抱著拭目以待的期許，不過我還是躺在以竹為柱，茅草蔽頂，風一吹就會倒的屋子裡，眺望秋月，靜聽蟲鳴，不妨再吹個尺八[7]好了。

譯註6 鴨長明於鎌倉時代發表的散文，日本中世文學的代表性隨筆。

譯註7 竹製的木管樂器。

◎作者簡介

辻潤・つじ じゅん

一八八四—一九四四

評論家、翻譯家，出生於日本東京淺草。曾於國民英學會、自由英學舍等學習語言，並成為上野高等女子學校的教職員。一九一二年，擔任教職員的時期，因為與學生伊藤野枝相戀，而辭去教師的職務。後來，著手翻譯工作，並接觸達達主義，過著漂泊的生活，為大正時代達達主義者的代表人物之一，亦是高橋新吉的詩集《達達主義者新吉之詩》的編纂者。翻譯有奧斯卡・王爾德的作品等。著作則有《浮浪漫語》、《絕望之書》、《癡人的獨語》等。

椿子物語

高濱虛子（たかはま　きょし，1874 — 1959）

俳小屋裡堆著許多俳句書籍，還有差點就要倒塌的俳句原稿，只有我一個人坐在裡面，除此之外，就沒有別人了。環視前後左右，也找不到會嫉妒這個女娃娃的人影。

上

我坐在鎌倉俳小屋的椅子上，眺望庭院。

俳小屋是我為書齋取的名字。本來是兒童房，到小諸[1]疏開[2]的時候，成了儲藏室，鮮少打掃，隨意堆放雜物。事隔三年，從小諸返家後，就把這間屋子整理一番，放上書桌，成了臨時書齋。這裡堆放的全都是俳書，而且也擺得很亂，除此之外，還有堆積如山的俳句相關原稿。我在小諸時，也將自己的書齋取名為俳小屋，所以決定這裡也用同樣的名稱。

俳小屋前面的庭院，一樣種著雜亂的草木。這些草木幾乎都不是我們刻意種植的，而是住在這裡的四十年來，風吹來的種子，或是隨著小鳥糞便落下來的種子，都是自然生長出來的，儘管院子很狹窄，卻長了許多的草木。看在園藝家的眼裡，大概會說這是完全沒有造型的雜亂庭院吧。然而，看了這麼多年，這裡的一草一木都充滿回憶，難以割捨。尤其是這裡有許多山茶樹，紅色的花朵更是亮眼。

我不知道這株山茶的種類，總之跟一般人口中的山茶相同，總是開著大量的鮮紅花朵。其中也有重瓣的山茶花，不過以單瓣居多。開花的時候，花朵總是從頭到根部，包覆著整株山茶樹，盛開的時候，紅色的山茶花占據了整座院子，幾乎看不見其他樹木了。

我坐在椅子上，眺望這紅色的山茶花。我的心彷彿又在旅途神遊了。那並不是東海道[3]或中仙道[4]的旅途，感覺更像是自由自在地行動，永無止境地在天地之間徘徊。於是鮮紅的山茶花化為一群包圍著我的女子，總是隨侍在我身旁。

譯註1 位於長野縣。

譯註2 二次大戰期間，為避免損害，將都市的民眾分散到鄉下地方。

譯註3 江戶時修建的街道，取道沿海一帶，連接東京的日本橋與京都的三條大橋。

譯註4 江戶時修建的街道，取道內陸連接東京的日本橋與京都的三條大橋。

坦白說，我已經上了年紀，這陣子，家人禁止我自行外出。我本人也是稍微走一下上坡，就會感到雙腿無力，要是走得快一點，小腿就會緊繃，要是走在車子特別多的地方，也會覺得危險。儘管如此，我還是覺得家人禁止我自行外出，太極端也太過度了。不過，我覺得這樣也沒什麼不好，還是乖乖聽家人的話。

現在，我坐在這裡，被紅色的茶花淹沒，一直凝視著花朵，不知不覺中，我產生了彷彿搭乘浮雲的幻覺，可以自由自在地前往心所嚮往之處，也能步履輕盈地在空中到處行走。

沉浸於這些幻想時，我的心情非常愉快，感到一股彷彿孩子在聽故事般的喜悅快感。

吾愛紅色人造花，更愛赤色紅山茶。
茶花嬌豔又欲滴，尤勝女性小說家。

嬌豔茶花兩相看，唯有孤單一老人。

當時山田德兵衛[5]送來一個女人偶。那是一個莫約七、八歲的女孩人偶，留著妹妹頭，穿著紅色和服，繫著有如錦織的腰帶。雙手無力地垂著，跟一般人偶沒什麼兩樣。附上的來信大意如下，儘管是粗製濫造的人偶，若能擺在我的身旁，便覺十分幸福。當時正逢紅色的山茶花盛開，於是我將它命名為椿子，擺在一旁的書架上。

山田德兵衛送來了這個人偶時，不知道是抱著什麼心態呢？也許只是想讓我放在身旁擺飾，不過似乎也別有用心。正巧有人請我寫幾首小唄[6]，於是我寫了這樣的歌詞。

譯註5 一八九六—一九八三。日本企業家、人偶師。

譯註6 一種日本民謠，由三味線伴奏。

女娃娃呀　放在我身邊
從早到晚盯著瞧　好擔心呀
我竟對人偶起了嫉妒之心

前面也提到，俳小屋裡堆著許多俳句書籍，還有差點就要倒塌的俳句原稿，只有我一個人坐在裡面，除此之外，就沒有別人了。環視前後左右，也找不到會嫉妒這個女娃娃的人影。我想這是我眺望著院子裡的山茶花，同時對遭到禁足的自己產生自憐，描繪出自己自由飛翔於天地之間的夢想天國，以此為樂，同時又幻想自己與形單影隻地擺在書架上的八、九歲少女椿子相同，基於描繪出夢幻國度的欲求，才會這樣吧。「我竟對人偶起了嫉妒之心」指的是椿子本身呢？又或是幻影中的女子對椿子的嫉妒呢？我已經分不清楚了。

後來，吉村柳先生為這首小唄編曲，我曾在一場小唄發表會上，聽柳先生本人熱情地唱給我聽。在此之後，稀音家淨觀[7]先生也為這首小唄編曲，河合茂子女士也曾經以此歌為配樂跳舞。

杜鵑社、玉藻社及花鳥堂的社員，每年會來我家玩一、兩回。這時，我總會從箱子裡取出守武[8]的木雕像或子規[9]的塑像，讓它們拿著小巧的國旗，象徵歡迎光臨，將它們擺在壁龕。這時，我也會把椿子從箱子裡拿出來，手拿小巧國旗，與守武及子規的雕像放在一起，同樣象徵歡迎光臨。這時，立子[10]一走進房間裡，便說：

「欸，好噁心。」

譯註7 一八三九—一九一七。稀音家淨觀為長唄三味線的名號。

譯註8 荒木田守武，一四七三—一五四九。連歌師。

譯註9 正岡子規，一八六七—一九〇二。俳句詩人。

譯註10 星野立子，一九〇三—一九八四。高濱虛子的次女。以女性俳句詩人之姿，創始雜誌《玉藻》。

八成是因為我先把椿子從俳小屋的箱子裡拿出來，擺在房裡壁龕處的緣故吧。也有可能是椿子竟然比守武雕像及子規雕像更早一步擺出來，才讓她覺得噁心吧。

後來，我在傍晚踏進俳小屋之時，看到收藏在箱子裡，望向我這邊的椿子，不覺也產生了噁心的想法。

椿子在俳小屋的書架上，度過三年的歲月。在這段期間裡，經歷了三次花開花落。原本七十五歲的我，已經七十八歲了。家人更是嚴密防備我的外出。坐在俳小屋書桌前的我，益發形影相弔。

去年底，丹波和田山的古屋敷香葎來訪。當時正好來到東京的安積叡子也結伴同行。

中

大概是戰爭結束那一年吧，我為了參拜泊雲[11]之墓，出門旅行。先到丹波竹田，泊雲之子西山小鼓子家過了兩晚，參拜泊雲之墓，第二天造訪年尾[12]一家疏開時停留的但馬和田山，在古屋敷香葎家那裡過了一夜，第二天則拜訪豐岡的京極杞陽[13]，在那裡又待了一晚，隔天再次回到和田山，拜訪安積素顏，在他家又過了一夜。

素顏家是和田山最古老的名門，當地人稱之為本家。儘管素顏的外表與體格都十分出眾，卻在壯年失明，只得從同志社[14]輟學，守護著祖先的家業，同時接受泊雲的指導，學習俳句。泊雲在世之時，他曾在泊雲的帶領之下，專程到大阪走了一趟，在

譯註11 西山泊雲，一八七七—一九四四。俳句詩人。虛子的弟子。

譯註12 高濱年尾，一九〇〇—一九七九。俳句詩人，虛子的長男。

譯註13 一九〇八—一九八一。虛子的門生。

譯註14 同志社大學，日本的私立大學。

每日新聞社的俳句會之時，與我握手。泊雲死後，他又接受杞陽的俳句指導。我從杞陽那裡聽了許多關於素顏的事。杞陽曾經跟我說了這個故事。

素顏並非一出生就失明。而是在同志社念書時，突然失去了視力。當時正好是櫻花盛開的時節，飄落的花瓣在眼前閃閃爍爍，這時，突然有一道黑幕由上往下降，那道黑幕不斷落下來，瞬速遮蔽視力。那時原本還看見飄落的花瓣，一下子突然看不見了。後來，他只能分辨明暗，再也不能分辨物體的形狀了。聽說是視網膜剝離。這是杞陽告訴我的故事。

安積家是和田山的名門，擁有許多的田地與山林，眼盲的素顏成為一家之主，過著儉約樸實的生活，專心一致地守護著祖先的財產。這也是杞陽告訴我的故事。

還有一個故事。儘管素顏生了許多孩子，在他視力健在之時，只生下長女叡子小姐，於是他自然十分疼愛叡子小姐，也很依賴她。叡子小姐也很溫順，為眼盲的父親處理大小事。

素顏家是和田山最古老的名門，從入口的泥地板與鋪木板的房間，就能想像。如今，建築物仍然保留著元祿時代[15]的柱子。那是一個留下錛子痕跡，上了漆的亮面柱子。從簷廊往下走，則是一個踏腳石連綿不斷的古典庭園。那裡有一棵碩大的柿子樹，樹梢上僅餘兩、三顆尚未摘採的柿子。他說那是特地為我留的。

素顏走到門口，在前面引領著我。他並不像一般的盲人那般，拄著枴杖前進。而是隨性地把手放在一名少女的肩上，像個視力無礙的人一般走路。那名少女穿著水手服，綁著馬尾，垂在背上，年紀大約十五、六歲。那就是杞陽曾經提過的，素顏的長女叡子小姐。

譯註15　日本年代之一。一六八八—一七〇四年。

叡子小姐沉默地讓他搭著肩膀往前走。素顏先帶我到他祖先的墓地。那是以板子圍起的，相當寬廣的墓園，排列著自元祿時代起的祖先之墓。

來掃墓之十三代，視力全失已成盲。　素顏

秋季晴朗好日子，輕撫祖先之墓碑。　虛子

後來，他又帶我到一片田地。據說那片田地是素顏親自耕種的地方，他告訴我，只要把手放在這裡生長的菜葉上，就覺十分滿足，看來非常期待那些青菜的成長。後來，我們離開市鎮，沿著一條原野的小路來到一條河，河上搭了一座橋。他站在橋上，說：

「這條河叫蓼川。」

後來，他把背倚在橋的欄杆上，眼睛盯著遠方，暫時陷入深沉的沉默之中。

秋意深深知幾許，猶如素顏靜默時。　虛子

蓼川旁的草已經染成金紅色。

吾心懸於素顏身，不識金紅色草葉。　虛子

未能識得草紅葉，無能為力是吾人。　素顏

素顏又陷入沉默。叡子小姐自始至終不曾開口說話。我們主客一起在橋上沉默了幾分鐘，這才終於折返。素顏又把手搭在叡子小姐的肩上，走向來時的返家之路。此行有年尾、立子同行，這時杞陽、香葎也在場。

隔年，香葎陪著素顏來到我疏開的小諸，說是回報我的造訪。這次，香葎代替叡子小姐，讓素顏搭肩。

正欲接近小諸時，列車行來漸涼爽。素顏

來到小諸時，素顏說：

「自從我失明後，就開始學習針灸，您要不要試試看？」

便為我的老伴針灸，也為我按摩肩膀。香葎說：

「最近素顏家門口掛了針灸治療的招牌，可是大家避諱他是名門的當家，沒人敢來接受治療。」

我想，那陣子正是素顏的俳句達到顛峰的時期。

乾坤一擲天地變，滂沱午後雷陣雨。

冬寒安居不出戶，唯獨聽力還尚存。

天寒地凍取雞蛋，一事無成暮已至。

自從農地改革的聲浪崛起，素顏的俳句就此絕跡。香葎的來信寫道，農地改革之事嚴重打擊了素顏的精神，似乎因此無心再寫俳句。那時叡子小姐正好去了京都，在同志社念書。因為素顏讓幾乎寸步不離的叡子小姐，到自己曾經就讀的母校，也就是同志社學習。不久，農地改革的聲浪就此掀起。這股聲浪撼動了擁有許多田地與山林的安積家之根基。隨後又有財產稅事件。這些事深深地打擊了素顏。身為盲人，他對自己的無能為力感到憤慨。他終於完全喪失視力。過去還能分辨光線，如今已經完全看不見了。聽力也衰退了。就連「冬寒安居不出戶，唯獨聽力還尚存。」的聽覺都衰退了。他失去食欲。食之無味，所以不吃了，幾乎不曾再動筷子。

不久之後，突然傳來素顏的死訊。某天晚上，他進了二樓的臥室，第二天早上，已經安靜地化為冰冷的屍骸。

一時之間，九州有緒方句狂[16]，山陰的安積素顏正要與之分庭抗禮。句狂乃是一介礦工，因炸藥失明，也曾經懊惱，一度尋死。後來因俳句復生，終於成為偉大的作家。隨後卻罹患胃癌身故。他臨死之前，宛如高僧一般，頓悟一切，絲毫不曾煩惱。

奪去視力及性命，「信守承諾」與「巨鵰」。虛子

句狂給人的感覺有點像巨鵰。

如今，素顏也失去視覺，失去聽覺，最後又知去味覺，如同消失一般，亡故了。

心神嚮往之願望，滿開櫻瓣照夜明。　虛子

過去，在欣賞落花時失去光明的素顏，如今已在不受限制的國度重生，再次擁有光明的視力了吧。

兩個同時期現身的盲眼俳句詩人，又幾乎在同一時期，消逝無蹤了。

春日腳步臨將近，身旁僅有老枴杖。　句狂

受到灑水來驚擾，趕忙以枴杖支撐。　同

雷聲追趕在身後，連忙快步執杖行。　同

我隨枴杖向前行，通往詣神的路上。　同

譯註16　與安積素顏相同，亦為眼盲的俳句詩人。

枴杖遺忘在簷廊，晴朗幽靜好日子。同
雨師繪出一道虹，離時似乎欲打雷。同
隨著枴杖任意行，滿月夜賞弱法師[17]。同
若無飄散之花瓣，即為無聊之盲人。同

不曾迴避過閃電，指的即為我本人。素顏
初冬和煦好天氣，不曾離開我身邊。同
豎起耳朵認真聽，寂靜空幻枯草原。同
閒來無事可打發，案邊吟詠毽子數。同
歸時已屆不可留，夕陽西下松繩手[18]。同
似有落葉拂面過，山茶是否已凋零？同
遊山玩水的日子，僅知空虛之蝶空。同

這是我送給遺孀敏子女士的慰問俳句。

冬日腳步已離去，又逢春季之到來。　虛子

叡子小姐聽聞父親的死訊，驚訝地返家，安靜地隨侍在母親身旁處理後事，隨後又前往京都，繼續同志社的學業。

老年的歲月過得特別快。素顏死後，已經過了三年。叡子小姐已經從同志社畢業，暫時回到家裡，這次來到東京拜訪親戚。正好香葎也來東京，於是兩人一起來拜訪我。

譯註17　能劇戲碼，劇中的弱法師是一名眼盲的乞丐。當他加入乞討的行列時，袖子就會飄散出梅花瓣。

譯註18　京都地名。

下

久別重逢的叡子小姐，成長得幾乎變了一個人，不再是往昔那個讓素顏搭肩，沉默走路的少女了。儘管髮型、臉蛋與服裝還有幾分女學生的影子，不過她已經是一個堂堂正正的女性了。過去那個沉默的少女，如今已經能夠清楚明瞭地回答我的問題。絲毫不見怯色。

我曾經在《木兔》追悼素顏的那一期，看到遺孀敏子女士寫了這段話。

老家的父親，也就是孩子們的外公，跟孩子一起圍著烤火盆，感慨地說：「你們的父親拖著那副身體，也活到這個地步。真是辛苦了。如今，他應該解脫了，鬆了一口氣吧。」

我在隔壁房裡，不怎麼認真地聽到這段話，這才突然驚覺。我反省把自己封閉在悲傷裡的行為，心想，我實在對不起已逝之人與諸位親友，於是與大家約定：

「外公說得沒有錯，你們的爸爸真的辛苦了。我很感謝他能堅持活到現在，讓我們一起度過光明、和煦的日子吧。」

就這樣，敏子女士代替亡夫，守著家族，將以叡子小姐為首的多名子女培育成開朗又坦率的人，尤其是剛從同志社畢業的叡子小姐，她將叡子小姐帶在身邊，努力教養她，叡子小姐也協助母親，成為她的支柱吧，如今，見了眼前的叡子小姐，倒也不難想像了。

這一天下午，我要參加俳句會，中午過後就必須外出，於是我與香葎、叡子小姐與內人，一起在四張半榻榻米大小的房間，圍繞著暖桌享用外帶的午餐。給每個人斟了一小杯酒，在用膳之前舉杯祝賀彼此健康，特別是叡子小姐，我們祝福她凡事順心如意，坦率又順利地成長。儘管只沾了幾乎潤唇的酒，吃到一半時，叡子小姐的臉愈來愈紅了。內人笑著說：

「唉呀，叡子小姐滿臉通紅了。」

叡子小姐默默地按著臉頰，換位置坐了，不過她的臉卻益發紅潤了。香葎也笑了，我也笑了。

我認為這時的叡子小姐很美麗。已經抹去那個讓素顏搭肩，沉默走在蓼川路上時，那陰沉、寂寞的面容，儘管還是很端莊，卻很開朗，如今見了並未特地妝扮的她，那滿臉通紅的模樣，只喝一杯酒就不勝酒力，我認為那是美不勝收的景象。

新年俳句會播出的時候，我想起這時的叡子小姐，做了這首俳句。

此女子於此時，優美醉倒屠蘇酒[19]。

後來有人問我，我說的人是誰，我便說了之前叡子小姐的事。從豐岡過來參加俳句會節目的杞陽笑著說：

「叡子小姐成了『此女子』了。」

後來，叡子小姐回到和田山之後，寫了一封信給我，信上寫著：

老師外出後，我得到師母的許可，窺探俳小屋一眼。我在房間裡，可以想像老師每天工作的模樣。

然後又寫了這件事。

之前就聽過椿子小姐的故事，這次也親眼見到了。想到她總是在老師身旁，日日

譯註19 新年時飲用此藥酒，據說有避邪延壽之效。

夜夜安慰著老師，便覺得一見如故。

叡子小姐與母親敏子女士，以前都在素顏的感召之下，創作俳句。後來，並沒聽說她們持續創作。也許她們一直在創作俳句吧，不過我無緣見到她們的作品。這回睽違多時地與香葎一起拜訪我家，成了一個好時機，後來，叡子小姐似乎又跟香葎的朋友一起，熱情地創作俳句。俳句會的原稿傳到我這裡來的時候，她來信告訴我，期待能獲選為佳句。有時候有兩首獲選，有時連一首都沒有，她每回都會來信稟報情況。

今年的山茶也開了鮮紅的花朵。我一如往常地坐在椅子上，幾乎每天都望著山茶花，不過，我卻不再萌生過去那樣的感覺。我竟然完全沒產生被此鮮紅山茶花簇擁著，乘雲在天空中自由自在、隨處走動的幻想，僅剩下若隱若現，一閃即逝，如影子般朦朧的念頭。見了裝在書櫃上方的箱子裡的椿子，也覺得她看來了無生趣，似乎蒙了一層灰。於是我將它拿下來，置於書桌上。

這時，我突然興起一個念頭，想將椿子送給叡子小姐。我試著思考，為什麼會興起將它送給叡子小姐的念頭，卻不明所以。除了叡子小姐曾經在我外出時，進入俳小屋，見了這位椿子後產生懷念之情，我就找不到其他理由了。我只是漠然地想把她送給叡子小姐。於是我寫了一張明信片給叡子小姐。內容大概是「如此這般，所以我想將椿子送給妳，妳願意收下嗎？」之類的內容。我收到叡子小姐的回覆。

您竟然願意將椿子小姐送給我，在看信的時候，我覺得自己彷彿在做夢一般。想起了椿子可愛的臉龐。請您務必將她送給我吧。這份榮幸，小女子幾乎承擔不起。我一定會好好地疼愛三年來，不曾離開老師身旁的椿子小姐，不讓她孤單寂寞，請將她送給我吧。

我拿著明信片，與待在屋裡的母親討論。紅色的山茶花層層疊疊地落在潮濕的岩石上。後來，我在除草的時候，又想起在鎌倉書齋裡的老師，以及在書齋裡隨侍您身旁的椿子小姐。我打電話給香葎先生，告訴他這件不得了的大事。如果父親還在世，不知道會多高興呢。明天是么妹的入學典禮（小學一年級）。與杞陽老師家的少爺同年。

歡迎山口青邨老師來到生野礦山的俳句會，時間在夜裡，所以沒辦法搭火車回家。我期待了那麼久，只覺得十分可惜。

然後是收到椿子時的來信。

剛才，椿子小姐已經平安抵達了。真的非常感謝您。椿子小姐歷經一段不可思議的命運，如今成為我的所有物。如同亡父總是對我做的事，現在，我也輕輕撫摸著椿子小姐的秀髮。

後來，又過了兩、三天。

這幾天，我拜託杞陽老師，打算邀請昭子夫人，為椿子小姐舉辦一場歡迎俳句會。我非常期待呢。

接下來是報告那場俳句會結果的來信。

別具意義之美酒，溫馨愉快女兒節。敏子
椿子叡子之身影，春宵恍如同一人。香葎

春意逝去了無痕，徒留桌上椿子語。　昭子

其他又寫了三、四個人的俳句。並沒有叡子小姐吟詠椿子的俳句，而是這樣的句子。

夜櫻群中夾雜木，最驚人者為禿樹。　叡子

接著又寫了

剛才送大家離開，房間裡只剩下椿子與我了。想到母親能找回寫俳句的心境，只覺得十分欣喜。

香葎以及香葎之妻春女，也來向我報告椿子俳句會之事。杞陽也寄了書信給我。

今天是由叡子主辦的椿子歡迎會。我有事不克參加，由昭子出席。她打電話給我，說是一場非常有趣的俳句會。昭子在和田山留宿一夜。

前陣子，我與剛收到椿子的叡子小姐見面。她看來非常幸福。

我心想，必須向山田德兵衛報告這件事，不過卻沒有付諸行動。

我試著梳理想法，自己為什麼會將椿子送給叡子小姐呢？我依然找不到明確的答案。只是出於一股想送給叡子小姐的心情，就送給她了。於是她辦了一場椿子歡迎俳句會，甚至還邀請京極昭子女士參加；同時，我又聽見叡子小姐的母親——敏子女士因此找回創作俳句的心境，不管這些事是否與我送給叡子小姐的心境一致，或是不相符，對我來說都是十分滿足的事了。

一回，杞陽來東京辦事情，待他辦完正事之後，偷了一天空，來拜訪鎌倉的草庵。話題也聊到叡子。

後來，他拿出叡子小姐委託他的小紙片，要我寫俳句。我還記得我寫了兩、三首俳句。

將它命名為椿子，今後隨侍在身畔。

是否應該給椿子，撐把彩繪陽傘呢？

杞陽代替叡子小姐，鄭重向我致謝，用包巾把它們包起來。他的模樣相當可笑。

我笑著說：

「你好像戀愛使者哦。」

杞陽也笑著說：

「我可是年輕女孩的使者呢。」

後來，山田德兵衛送來裝椿子用的玻璃櫃，我一直擱在一旁。一直沒送去給叡子小姐。我告訴她，這櫃子很容易破損，看誰有空再順道請他帶過去。儘管杞陽說他可以幫忙，不過他還帶著沉重的手提包，所以我猶豫不決。但他說要看一下那只玻璃櫃，所以我拿出來讓他看了。杞陽看了之後，說還是我幫您送去吧。看著他除了拿著沉重的手提包，還提著它走出玄關，我感到一股「戀愛的重擔」。

我收到一封米原車站寄出，以鉛筆寫的明信片。

椿子的玻璃櫃，剛才行經伊吹山麓。五月二十五日上午，米原車站，京極杞陽

◎作者簡介

高濱虛子・たかはま きょし

一八七四—一九五九

俳人、小說家，出生於日本愛媛縣，本名清。受到喜愛和歌的雙親影響，自小便與文學為伍。中學時期，與同年級的河東碧梧桐以文學為志，師事同鄉的前輩正岡子規，並得到與本名同音的雅號「虛子」。之後，便與碧梧桐一同退學，前往正岡子規位於東京的子規庵。一八九八年，接管俳句雜誌《杜鵑》，刊載俳句、寫生文、小說。一九〇七年左右，潛心於創作小說、寫生文，暫時離開俳壇，並於一九〇八年出版短篇集《雞頭》。一九一三年回歸俳壇，批判河東碧梧桐等人的新傾向俳句，並提倡「客觀寫生」、「花鳥諷詠」，致力於擁護俳句的傳統。此外，更積極培育後進，為大正到昭和時期俳壇的興盛奠基。著有《虛子句集》、《五百句》等眾多俳句集，以及小說《風流懺法》、《俳諧師》等。

漱石山房之冬

芥川龍之介（あくたがわ りゅうのすけ，1892 — 1927）

另一個十月的夜晚。我獨自來到這間書齋，與老師坐在一起。話題落在我身上。賣文章糊口沒什麼不好。不過，對買家來說卻只是一件買賣。我們不可能遵照買家的每一個指示。

在老友M的帶領之下，我與年輕的W男睽違多時地來到老師的書齋。

書齋在這裡重建之後，光線比以前差多了。還有中國的五鶴地毯，也在不知不覺中褪去色彩。最後則是原本與餐廳的交界，本來有更紗唐紙[1]的地方，如今已經成了放著老師照片的神龕。

不過，除此之外都毫無二致。有塞滿進口書的書架。有「無弦琴」的題字匾額。有老師每天寫作的小紫檀書桌。有瓦斯暖爐。有屏風。簷廊外面也有芭蕉。芭蕉長到屋簷的葉片下方，還有已經腐爛的碩大花朵。有黃銅印章。還有瀨戶陶的火盆。就連天花板上，都有被老鼠咬破的洞……

我抬頭仰望天花板，自言自語地說：

「天花板沒換新的嗎？」

M男活潑地笑了。

「當然換了啊。可是比不過那些老鼠啊。」

某個十一月的夜晚。這間書齋來了三名訪客。其中一名訪客是○男。○男是筆名綿拔瓢一郎的大學生。另外兩位也是大學生。他們兩人今夜來這裡的目的是將○男介紹給老師。其中一個人穿著和服褲裙，另一個人穿著制服。老師向這三位客人說了這些話。

「這輩子，我只高呼過三次萬歲。第一次是……，第二次是……，第三次則是……。」

穿制服的大學生感到膝蓋附近一片寒意，一直抖個不停。

那就是當時的我。另一個大學生……穿著和服褲裙那位是K。因為某起事件，K在老師亡故之後，就不曾來訪了。同時，與老朋友M也呈現絕交的狀態。這也是眾所周知的事實。

另一個十月的夜晚。我獨自來到這間書齋，與老師坐在一起。話題落在我身上。

譯註1　印花棉布圖案的和紙。

賣文章糊口沒什麼不好。不過，對買家來說卻只是一件買賣。我們不可能遵照買家的每一個指示。貧窮的話就算了，仍然要注意不可以大量粗製濫造。說完這些話之後，老師說：

「你的年紀還小，大概不會覺得這件事有什麼危險。所以我才要幫你想。」

如今，我依然記得老師當時的微笑。不，我還記得芭蕉在昏暗屋簷前方的婆娑起舞。不過，對於自己能否忠於老師的訓誡，我倒是不敢肯定了。

又是另一個十二月的夜晚。我依然在這間書齋，守著瓦斯暖爐的火。坐在我身旁的是師母與M。老師已經逝世了。M與我聽師母說了許多關於老師的故事。也聽說老師總是坐在那張小書桌前，為地板竄上來的寒風所苦。不過老師發下豪語：

「跟京都一帶的茶人之家比一比吧。雖然天花板破了很多個洞，總之我的書齋十分了不起。」

那些洞如今依然破著。即便如今，老師逝世後的七年也是如此……。

當時，年輕W男的話，打斷了我的回憶。

「老書會不會被蟲蛀掉啊？」

「會哦。它們已經很脆弱了。」

M帶領W男走到比較高的書架前方。

三十分後，我在夾帶砂子的風吹拂之下，與W男一起走在街上。

W男擺動他手中的粗楞杖，對我說：

「那間書齋，冬天一定很冷吧？」

同時，我心裡清楚地浮現那裡的模樣。老師那間蕭條的書齋。

「很冷吧。」

我意識到自己似乎湧起一股興奮的情緒。不過，經過幾分鐘的沉默，W男又開口了。

「記得是末次平藏[2]吧，我翻閱《異國御朱印帳》[3]，發現他在慶長九年[4]八月二十六日，又領到朱印……」

我默不做聲地走著。同時在夾帶砂子的風直接拂面而來的的情況下，憎恨著W男的輕浮。

譯註2 生年不詳—一六三〇。朱印船貿易商。日本鎖國期間，唯有取得朱印狀的船隻才能到海外進行貿易。
譯註3 江戶幕府記錄朱印狀的手冊。
譯註4 一六〇四年。

◎作者簡介

芥川龍之介・あくたがわ　りゅうのすけ

一八九二—一九二七

小說家，號澄江堂主人，俳號我鬼。一八九二年出生於東京，東京帝國大學英文系畢業。大學在學期間創作短篇小說〈鼻子〉獲夏目漱石讚賞，隔年一九一七年發表第一本創作集《羅生門》，正式踏入文壇。初期文風兼受古典文學《今昔物語集》和西歐自然主義影響，發表〈地獄變〉、〈枯野抄〉等確立大正文壇代表作家地位。其後因飽受健康與精神疾病之苦，文風轉為懷疑、厭世，帶有晦暗的自傳性成分，發表〈竹藪中〉、〈河童〉等晚年代表作。一九二七年七月二十四日，於自宅飲過量安眠藥自殺。

祖父的書齋

宮本百合子（みやもと ゆりこ，1899 — 1951）

平常沒人使用的二樓，飄著一股不可思議的乾燥氣味，從八張榻榻米大小的明亮房間前往隔壁的小房間，房裡有一面塞滿紫檀書櫃的牆，泛著閃亮的色澤。

從向島的堤防往下走，那棟黑色大門的屋子是外婆家，小時候去外婆家過夜的時候，第一件事就是要向神龕行禮。接下來再去百花園、去牛御前，有時候，外婆也會對我說，「小心哦，仔細看樓梯吧。」帶我去二樓。平常沒人使用的二樓，飄著一股不可思議的乾燥氣味，從八張榻榻米大小的明亮房間前往隔壁的小房間，房裡有一面塞滿紫檀書櫃的牆，泛著閃亮的色澤。在幽靜的情境之下，泛著光澤的書櫃使我萌生恐懼的感覺，即使外婆說：

「那是外公的書哦。」

我還是一直依偎在外婆的腰際，只敢從遠處觀望。外公留下一張照片，明明蓄著一臉白鬍，身體矮小，看在孩子的眼裡，只覺得表情平淡。從向島回家的路上，大人一定會在淺草寺商店街的繪草紙[1]店，買一本五錢的故事書給我。大部分是巖谷小波[2]的書。後來，外公的藏書不知道捐贈到哪個地方去了，至於那些塞滿牆面、泛著光澤的書櫃的下落，我就完全不清楚了。

不久，《少女世界》[3]為我帶來新鮮的魅力，我一本一本地累積起來，讓我想起冬天在簷廊曬太陽，同時把那疊書一下子搬到這兒，一下子搬到那兒的心情。話說，這個時候，我已經可以自由拿取書櫃的書籍，說到書櫃呢，也是很誇張。起居室的隔壁是一間四張榻榻米排成一列的房間，房裡擺了一張父親的大書桌。背後有一座沒有門的書櫃，上方新舊夾雜地疊滿了《新小說》[4]、《文藝俱樂部》[5]、《女鑑》[6]、《女

譯註1　江戶時代出版的娛樂書籍，有插圖的故事書。
譯註2　一八七〇—一九三三。兒童文學家。
譯註3　博文館於一九〇六年創刊的少女雜誌。
譯註4　二次大戰前出版的文藝雜誌。
譯註5　博文館於一八九五—一九三三年發行的文藝雜誌。
譯註6　明治時期的女性雜誌。

學雜誌》[7]等雜誌，另一邊則是帝國文庫[8]與浪六[9]的小說、玄齋[10]的小說，如《八犬傳》、《弓張月》、《平家物語》等。我還記得那個書櫃底下的某個角落放了一面鏡子，主要應該是母親的書櫃吧。

從女學校[11]二年級開始，玄關旁邊的小房間就成了我自己的房間，我從快要傾倒的書櫃翻出很多本書，排在一起，那個書架上擺著《當世書生氣質》[12]，還有紅色封面，忘記什麼書名，相當厚的合本，《水沫集》[13]也是從四張榻榻米房間那堆雜書裡拿來的。

祖母則是一直住在鄉下，祖母家裡藏書的地方，正是我暑假期間探險的地方。祖母寫「一升油」的時候，總會舔毛筆尖，至於乏人問津的書，則會塞進昏暗的三張榻榻米大小的儲藏室裡，或是門窗緊閉的客房後方的木地板房間。這裡有許多稀有的英文書。有些書裡有西方地獄的插圖，有些有某種機器的圖解，也有詩集。我想這些是父親的興趣。畫著西方地獄插圖的書與詩集，是省吾叔叔的書，他是聖教會的信徒，曾經去中國與美國旅行，回日本不久便過世了。

女學校完全不會教學生怎麼念書，如何運用書本。因此，我一直到很久以後才學會書本是人類存活在世的努力累積，能夠讓人們找到最佳又最有益結果的事物。我閱讀由國民文庫刊行會出版的西方名著，幾乎是把它們擺在一起就能讓我感到一股喜悅的亢奮，我讀了兩遍，第二次我又讀了《約翰．克利斯朵夫》[14]。我覺得我的手心與眼睛似乎都被這本書吸住了，為這本書奪去一切的心神。

譯註7 一八八五—一九〇四年發行的女性啟蒙、文藝雜誌。
譯註8 博文館於一八九三—一八九七年間發行的文學書籍。全五十冊。
譯註9 村上浪六，一八六五—一九四四。小說家。
譯註10 村井玄齋，一八六四—一九二七。記者、小說家。
譯註11 二次大戰前的女子學校，包含國中與高中。
譯註12 坪內逍遙的中篇小說，全十七集，後來裝訂為合本兩冊。
譯註13 森鷗外的譯作與作品集。
譯註14 Jean-Christophe，法國作家羅曼．羅蘭的長篇小說，並以本作獲得一九一五年的諾貝爾文學獎。

我曾經帶著好幾個五十元銀幣，搭電車去神田買書。我出門買書。那是一個讓我感動得受不了的活動。直到如今，每回買書的時候，我都會萌生一股特別親切的心情，同時感到輕微的亢奮，是一種獨特的滋味。

這年頭，十六、七歲的少女，到底是抱著什麼樣的心情看書、感受書呢？前陣子，我在一家大型的新書店，想到這個問題。有三、四個身著水手服的少女在看書，不過從她們的眼裡與嘴角感受不到一絲興趣，甚至也沒有一丁點強烈的好奇心。她們從這座書架拿起一本書，在平台上隨手翻一翻，又到那個平台翻一翻。接著快速掃過書名，小聲地討論著。她們的模樣，看起來彷彿從百貨公司的這個專櫃，走到另一個專櫃，一個接一個地逛著。

「對書本的愛」這句話聽起來似乎有點誇張了，不過，我認為有了它才能愛與尊敬人類認真的智慧，它是連結文化的良心。年幼鮮嫩的求知欲，抱著認真追尋的真心，凝視書本的眼神，有別於光用視線撫過商品，自然會使旁觀者感到賞心悅目。

擁有許多書，並不是一件不幸之事。然而，這是一個只注意書的數量，並不怎麼關心書中的愛、好奇心、尊敬的年代。就文學的領域來說，不管作品是否實際探討它所呈現的情感，它的本質仍然是通俗的，無法促使讀者思考作品真義的作者，缺乏面對生活時應抱持的態度與力量，於是人們快速地翻閱，看到一些喜歡的句子就買回家，或是看廣告買書，這樣的傾向愈來愈明顯了。

女學校一如往常，不會教學生如何閱讀才能發揮書的作用，也不會教使用方式，同時，也帶動起每一個人對書本愈來愈薄情的文化傾向，應該發人省思才對。

◎作者簡介

宮本百合子・みやもと ゆりこ

一八九九—一九五一

小說家。出生於東京小石川，舊姓中条。一九一六年進入日本女子大學英文系就讀，十七歲發表以窮苦庶民生活為題材的小說處女作〈貧窮的人們〉，獲得「天才少女」之美譽，之後陸續發表〈陽光燦爛〉、〈豐饒土地〉等小說確立文壇地位。一九二八年前往蘇聯拜見社會主義文學奠基者馬克西姆・高爾基，歸國後加入日本無產階級作家同盟及共產黨，在寫作之外亦參與政治活動，曾多次因與政府思想牴觸入獄。入獄期間寫給丈夫的四千多封書信後結集成冊，以《十二年的書簡》為題出版，展露戰時知識分子的精神光輝。戰後發表〈播州平野〉、〈道標〉等小說，帶領民主主義文化與文學運動活躍於文壇。

家庭閱覽室

內田魯庵（うちだ ろあん，1868 — 1929）

《朝日新聞》每天都會刊登現代房屋平面圖，不過會特別設計書齋的家庭，卻是少之又少。要是有書齋，頂多也是四張半或六張榻榻米大小的房間。

近來，一般民眾也習於閱讀了。不過，女性仍然不讀書，至於年輕女性更是盲目追求流行，稍微讀幾本小說就自以為讀書家了。大多數的人幾乎連報紙都很少看，只不過讀一本的小說，便自詡為讀書家，如今，我們的人民依然稱不上讀書國民。

首先，最令人驚訝地便是捨不得花錢買書。花五、六十圓買一些根本用不上的，一年可能根本穿不上兩、三次的衣服，也不覺得昂貴，說到買書呢，就連一本十錢、二十錢的雜誌，都要跟人家借來看。

雖然是十幾年前的往事，有一次，一個住在麻布的男性來找我，向我借帝國文庫的《太平記》。把書借他自然是沒什麼大礙，從麻布來到這裡的車資（當時沒有電車）都能買帝國文庫了，當我告訴他這件事，他才露出恍然大悟的神情，「原來還有這招！」也就是說，他心裡早就認定書要用借的，花車資沒什麼，卻不打算花錢購書。

日本人真的沒養成閱讀的習慣。過去武士的高等教育是武藝，至於普通公務員只要會算數和寫字就夠了。書本早已被認定為學者的生財道具，對於學者之外的人，毫無用處。更別說女性與兒童頂多只看草双紙[1]，正經的家庭對這些草双紙與戲作本[2]則是敬而遠之，位居四民[3]之上的堂堂武士之家，連一本書都沒有，倒也一點也不稀奇了。

由於世世代代皆已習慣如此，中流以下的一家之主就不用說了，就連以士族為大宗的中流以上家庭，姑且不論特別愛好學問與喜好書籍的門第，大部分的家庭，甚至沒有一家之主的書齋。因為不需要書齋。我不記得那是去年還是前年的報紙了，《朝日新聞》每天都會刊登現代房屋平面圖，不過會特別設計書齋的家庭，卻是少之又少。要是有書齋，頂多也是四張半或六張榻榻米大小的房間。最多的應該是四張半榻

譯註1　江戶時代的出版品，有插圖的娛樂書籍。
譯註2　江戶時代出版的通俗小說。
譯註3　士、農、工、商，泛指所有階級。

榻米大小吧。這陣子，我才在某本建築雜誌上，看到某位紳士的新居的照片，其中有書齋的照片，總之那間書齋徒具型式，最關鍵的書架上的書籍，卻是少得可憐，看了都倒胃口。（照片也能看得出來。）實際上，前陣子，我的一位好友告訴我，他建了書齋，叫我過去瞧瞧，結果書齋擺滿了有如從三越百貨公司買來的奢侈物品，充分展現了暴發戶的色彩，至於我關心的重點書架，排列的書籍只有看似從神田或本鄉的夜市買來的書，數量約五、六十本，估算一下價格，大約三、四十圓左右。叫我來看擺了這種東西的書齋，真教我看傻了眼。

儘管如此，三、四十圓跟五、六十本書，也很讓人佩服了，有些人的家裡甚至連一本書都沒有。有些人家，除了學齡小孩的兒童書櫃以外，連書櫃都沒有。這樣的做法，在不讀書的狀況下，腦筋依然靈活運轉的年輕時期，尚無大礙，年過三十、四十，則會逐漸跟不上時代的腳步。

就連大多數的一家之主都是這種不讀書的人，也難怪大多數的家庭遠離書本，自行脫離時代的腳步。

世上的父兄輩、前輩、教育家、道德老師，大部分都是在沒有讀書習慣的時代成長。擺脫不了不讀書基因的老師們。因此，他們會嚴格訓斥子弟與年輕人們，不可以讀學校課本以外的書本，他們認為讀書與喝酒、嫖妓一樣，都是壞事。在這個世界上，絕不可能沒有不良的書籍。不過，這個原則不僅適用於書本上，也適用於一切事物，沒有絕對的善，也沒有絕對的惡。我們要靠自己的判斷力，捨棄良善事物中的邪惡，從邪惡的事物中找到良善，培養這種判斷力，不受到邪惡的事物惡化，打造堅韌的腦袋，正是父兄輩、前輩、教育家、道德老師對年輕人、晚輩所應盡的任務。然而，他們卻懼怕一百本之中才有一本，或是一千本之中才有一本的少數惡書，不准大家閱讀課本以外的書籍，也就成了所謂的「一朝被蛇咬，十年怕草繩」了。

世上的父兄輩或教育家們畏懼的惡書是什麼呢？關於這一點，我也有一些意見，不過稍後再談吧，總之，日本民眾的閱讀量實在是太貧乏了。當然所謂的讀書並不足以讓人在社會中存活，也無法構成賺錢的手段，因此，對毫無求知欲及向上精神的老師們來說，並不以為意。非但如此，他們還會拿讀書人做幌子，出於渴求利欲的妄動，攻擊讀書的孩子，抨擊孩子熱愛的非善之樂。在教育兒童方面，除了讓孩子們畢業，學會領月薪，就沒有其他想法了，所以只要讓他們讀學校的課本就行了。閱讀課本以外的書籍，只會妨害考試，所以會嚴厲訓斥。

這陣子考試終於成為教育社會的問題，有百害而無一利。不過，考試又是另一個問題了，此處姑且不論，只讀課本對孩童也沒有任何幫助。不讀課本以外的書籍，是不行的。同樣是學校的科目，課本的知識根本不夠。大量閱讀與科目相關的參考書籍，讀愈多愈有利。然而，要是教師讓孩童讀參考書，孩子們動不動就會提問。他們害怕自己的腦袋受到評量。因此，他們嚴厲警告，不准讀課本以外的參考書。然而，在學校的考試問題中，通當會有很細小的事項（總是出一些看書就能馬上了解的小問題），如果只知道大綱，通常都會失敗。所以必須填鴨式地背誦課本，儘管我們應該實際廣泛地閱讀參考書，通曉大綱，才能活用學問，卻必須背誦各個細節，所以必須死抱著課本，儘管在當今的學校教育中，只要認真閱讀課本就夠了，這卻是死學問。日本學生前往歐美學校時，成績一定比歐美人士還好，畢業之後，成就卻一下子遜於歐美人士，這是由於他們習慣拚命地尊崇課本大神，所以在學校才能得到好成績，畢業後的成果卻不怎麼樣，雖然也是出於體力或其他種種原因，最重要的就是沒有閱讀習慣，青年的求知欲瞬間萎靡，腦袋變遲鈍了。只知道課本和老師授課，不讀參考書，這樣的學生不成氣候。即使在校成績優異，離開學校仍然一無是處。

所謂閱讀的習慣，並非一朝一夕可以養成，看書就會頭痛、肩膀僵硬的人，不管怎麼勸，他們還是不會讀書。必須從小的時候開始，盡早培養閱讀的習慣。第一步要脫離家庭對閱讀的看法。不需要擔心孩子成天都在讀故事書，對於求知欲旺盛的孩子，學校老師教授的知識不可能使他們滿足。孩子愛看書，可是求之不得的好事，讓他們大量閱讀吧。偶爾當然也會遇上一些不好的書，千萬不可因噎廢食，不讓他們讀書。「不可以受傷」、「不要調皮搗蛋」要是每一件事情都要擔心，就要把小孩的手腳綁起來，用棉花把他們裹住了。我們必須不斷地引導腦袋還未成熟的孩子，以免他們踏上歧途，所以在提供書籍時，多少也要注意，但是完全不需要嚴格訓斥或是禁止。

關於這一點，前面也提到日本有許多沒有書齋的家庭，若是能將一家之主的書齋，也許是一間四張半或六張榻榻米大小的房間，四周擺上書架，在書架上陳列全家都有興趣或對全家有幫助的書籍，牆上則掛著教育類、歷史類、倫理類或是理化類的實用圖片，便成了一家人的閱覽室，大家覺得如何呢？西方的家庭（中流以上）一定都有這樣的設備，近年來，我也曾在德國某位美術家（我忘記名字了）的家裡看到一本《賦予光明》的畫集，裡面有一家人在閱覽室歡聚的繪圖。這本畫集讓我最佩服的就是，家庭主婦會在廚房工作之餘，一邊看書，兒童到院子玩耍時，口袋也會放書。也就是說，在德國人眼裡，幸福家庭與書籍，有著無法切割的緣分。

試想，一家的主婦們聚在一起，羨慕或嫉妒別人的奢侈生活，或是炫耀自己的榮耀、自誇、抱怨婆婆或小姑，又或是挑別人家的太太的毛病，再不然則是討論茄子或南瓜的時價，聊這些話題與嶄新的藝術或文學，何者的品格比較高尚呢？

我就直說了。聽著女人們聊天，多半會對女人失去耐心。她們總是說著女性覺醒或是解放之類的大道理，只會挑別人毛病、嫉妒別人奢華、不停抱怨婆婆或小姑的女人，她的品性絕對沒什麼好誇耀的。此外，如果女人嘴裡只有茄子或南瓜，我們絕對無法否定，這樣的女性沒什麼知識。

比起自覺、比起解放，女性必須先把讀書擺第一。男性當然應該不落人後，認真讀書，為了家庭的關係，也應該告訴女性。

只要經常讀書，說話時自然不愁話題，也不用挑別人的毛病了。炫耀奢華的環境，只會讓人覺得愚蠢，一旦把話說出口，女性的氣焰則會更為高漲。

一般來說，女人根本沒事可做，家事哪有什麼好忙的。若是家裡有五、六個小孩，自然需要多花點時間照顧小孩，不過兩人家庭，特別是殖民地一帶的家庭，根本沒什麼事可做。因為沒事可做，於是「小人閒居為不善」，男性多小人，女性的小人則比男性更多，只會做一些無聊小事。打聽別人家的太太的壞話，又是羨慕又是嫉妒，自吹自擂，到處炫耀，從早到晚都不嫌煩。對付這個症狀，讀書將是一帖妙方。

特別是年輕女性，多半接受新式教育，和過去的女性相比，自然會養成讀書的習慣，不過必須要培養到以讀書為首要娛樂的程度。讀書原本就是娛樂，並非學習，世人最大的誤解便是認為讀書與學習是同一事。關於這一點，我也有一些見解，在此姑且不提，這裡所謂的讀書，並不是大家讀一些對自己有所助益的書籍，而是指讀一些有趣的書籍，如同去看戲劇或聽相聲那般，讀一些能引起你興趣的書籍。閱讀這些你感興趣的書籍時，不久就會自然養成閱讀的習慣，自己也會主動接觸對自己有幫助的書籍。此外，能引起你興趣的有趣書籍也不代表沒有幫助，至少可以豐富你的話題，不會再說別人壞話或是炫耀了。

總而言之，我們必須多讀一點書。一家之主自然要主動推廣讀書一事，一家之事取決於主婦的能力，如果主婦最大的娛樂便是等待一家之主，這就是一家之主的無能，缺乏感化主婦力量的證據。儘管改良家庭的方法有很多種，首要任務仍然是讓一家之主飛黃騰達，也能提升整個家庭的地位，因此促進並刺激求知欲將是最佳計畫，在家裡設置閱覽室則是當務之急。在沒有閱覽室的情況下，倒也不是無法培養讀書的風氣，如果是一個家有七、八間房間的中流以上家庭，若能將其中一間房間設為閱覽室，此一設施即為養成讀書習慣的第一良策。必須將減少一個衣櫃，增加書櫃，做為一家之傲。少買一件一年只穿兩、三次的和服，就能買十本、二十本書。千萬不要捨不得買書，或是嫌麻煩，書籍乃是養成關鍵腦袋的重要食糧，捨不得花錢的國民，終究稱不上文明人。此外，鼓勵孩童閱讀學校課本以外的讀物，更是老師、前輩的任務，也是家庭的首要任務。閱讀量將是衡量人格的標準。

◎作者簡介

內田魯庵・うちだ　ろあん

一八六八—一九二九

評論家、翻譯家、小說家，出生於日本東京，本名貢。曾於立教學校（現在的立教大學）、東京專門學校（現在的早稻田大學）學習英文，但最後都沒有畢業。一八八八年，於《女學雜誌》發表〈山田美妙大人的小說〉，以文藝評論家之姿在文壇出道。隔年一八八九年，於《都之花》連載首部小說〈藤野一本〉。同年，讀到杜斯妥也夫斯基的《罪與罰》英譯本而大受衝擊，再加上與二葉亭四迷、坪內逍遙深交，因此對文學有更深一層的思考，並批判自硯友社起文壇的遊戲性、俗物性、無思想性，而推崇寫實主義以及追求社會性。一八九二年，翻譯《罪與罰》（前半）。一九〇五年，翻譯托爾斯泰的《復活》。此外，著有社會寫實小說《暮之二十八日》、回憶錄《回想起的人們》。

輯二

去泡湯

明治時代的湯屋[1]

岡本綺堂（おかもと　きどう，1872 — 1939）

浴池通常在上午七點開始營業，有些地方會在清晨五點半或六點開始。……晨浴在大正八年的十月廢除，由於燃料高漲，從早便開始煮水不符成本，於是澡堂協會決議廢除晨浴。

我曾經調查過明治時代的湯屋[2]，現在我翻閱著以前的記事本，喚醒過去的記憶。那時的錢湯與今天所謂的澡堂或多或少有一些差異，所以我將其中一部分抄錄於此，以茲參考。儘管都是明治時期，在不同的年代也能發現重大的變遷，這裡所指的「明治時代」乃是二十七[3]、八年至三十七、八年，也就是以甲午戰爭到日俄戰爭的十年之間為中心，針對這段期間進行探討。

打從甲午戰爭的時候開始，愈來愈多人稱湯屋為風呂屋，可以窺知東京湯屋的變遷。在更早之前，有丹前風呂的說法，江戶似乎也稱為風呂屋，不知不覺間，人們已經不再採用風呂屋這個稱呼，只在三馬[4]的《浮世風呂》留下名號，江戶人一般習慣稱為湯屋或錢湯。這個說法流傳到東京，於是東京人也稱為湯屋或錢湯，偶爾還是有人稱為風呂屋，通當會被譏笑為鄉下土包子，不過最近使用風呂屋這個稱呼的人，愈來愈多了。當時人們認為髮結屋[5]很快就會稱為床屋，湯屋則會稱為風呂屋，後來果真沒錯。

東京的湯屋以清水為主，自明治二十年[6]左右開始，種類愈來愈多，包括溫泉、鑛泉、藥浴、蒸氣浴等。除此之外，還有江戶時代流傳下來的千葉湯[7]。一般來說，構造幾乎沒有差異，不過澡盆與沖水處全都採用木製品，幾乎找不到人造石或磁磚。同時，在警視廳的號令之下，火爐已經改為石造或磚造，大量減少了火災的憂慮。在江戶時代，湯屋失火的案件相當多，風勢強大的日子，似乎還會掛上臨時公休的招牌，幸好現在已經不復得見了。

譯註1　日本的年代之一，一八六八—一九一二。
譯註2　大眾澡堂。
譯註3　明治二十七年為一八九四年。
譯註4　式亭三馬，一七七六—一八二二。江戶時期的作家、浮世繪師。
譯註5　美髮店，早期也會為客人梳髮髻。
譯註6　一八八七年。
譯註7　取自然曬乾的白蘿蔔葉，浸泡於熱水中。

人們似乎習慣把浴池做得比較高，必須踩著踏腳板才能跨進去，在此之前，還立著一道柘榴口[8]，澡客得先穿越柘榴口，再踩著踏腳板才能進入浴池。柘榴口上畫著山水、花鳥、人物等各種彩色繪畫，孩子們看了都會覺得很喜歡，不過這道柘榴口相當不方便，浴池之中，即便在白天依然昏暗，到了夜裡，若是光線不足，再加上熱水的蒸氣，就連隔壁鄰居的臉孔都看不真切，因此上演了不少滑稽的劇碼，像是不小心說了別人的壞話，沒想到當事人就在後面聽呢，從明治二十一年[9]左右，才開始將浴池做成今天這麼低，剛開始稱為溫泉風呂。這股流行的風氣，先從下町[10]開始吹起，慢慢遍及山手[11]，隨著此一流行，沒用的柘榴口自然也遭到淘汰了。

關於澡堂收費，從八厘[12]、一錢[13]、一錢五厘、兩錢，愈漲愈高，到了日俄戰爭時，已經一路漲到兩錢五厘，郊區還能維持在兩錢左右。除此之外，還有「留湯」或「月留」[14]等制度，對於每天一定要泡澡的人來說，算是一點折扣。月費制度也是一樣，從最早的一個月預付十錢，隨著澡堂收費水漲船高，慢慢漲至二十錢、二十五錢、三十錢，到了湯錢費用二錢五厘的時候，已經漲到五十錢。針對每天早晚都要泡澡的族群，晨浴通常每個月有十錢的優惠，工匠就不用說了，熱愛泡澡的人多半早上與傍晚都要各泡一次。

浴池通常在上午七點開始營業，有些地方會在清晨五點半或六點開始。有些人等不及了，叼著牙籤站在湯屋前，等著大門拉開。和男性的澡堂相比，女性的澡堂比較晚營業，即使到了上午九點、十點，都還沒開始營業。晨浴在大正八年[15]的十月廢

譯註8 江戶時代會在浴池前面擺放一道隔間，客人必須彎腰才能進入浴池。

譯註9 一八八八年。

譯註10 指城市中地勢較低之處，東京則指淺草、下谷、神田、日本橋、京橋、本所、深川一帶。

譯註11 都市中的高台地區，東京則指麴町、四谷、牛込、小石川、本鄉一帶。

譯註12 一厘為千分之一圓。

譯註13 一錢為百分之一圓。

譯註14 澡堂的月費制度。

譯註15 一九一九年。

除，由於燃料高漲，從早便開始煮水不符成本，於是澡堂協會決議廢除晨浴。不過這陣子似乎捲土重來了，可以看到早上六點開始營業的澡堂了，大致來說，還是固定於下午才開始營業。

五月的節日（四、五兩日）會煮菖蒲浴，夏季土用[16]則會煮桃浴[17]，十二月的冬至外會煮柚子浴，這是江戶以來的習俗，其中，桃浴最早遭到廢止。據說在酷暑之時，浸泡煮沸桃葉的熱水裡，不容易被蚊蟲叮咬，也許是顧客不喜歡，或是湯屋不敷成本吧，從明治二十年左右起，不知不覺中就取消了，日俄戰爭之後，人們早已把桃浴忘掉了。菖蒲浴或是柚子浴的日子，湯屋的收銀台都會放一個白木的三寶高腳盤，客人則會用半紙把錢包住再擰一圈，放在三寶盤之後，進去泡澡。稱之為「小費」（おひねり）。相當於菖蒲與柚子的費用，通常會包入一筆比原定費用多一錢或兩錢的費用。在花柳區附近的湯屋，這筆「小費」的收入特別多。藝妓們可能會豪邁地多包五錢或十錢。到了明治末期，除了花柳區附近，其他地區的人已經忽視三寶盤，當天只放一般費用的客人愈來愈多了，所以湯屋自然也省下菖蒲與柚子，菖蒲浴與柚子浴只剩下名號了。

《浮世風呂》也提到湯屋的二樓，在三馬時代的湯屋，二樓掌櫃[18]以男性為主。到了江戶末期，則改為年輕女性，一直遺留到東京，到了明治初年，大部分的湯屋都有二樓，可以從男澡堂那邊進出。那裡待著一、兩位濃妝豔抹的女子，來到二樓的客人會看看報紙或雜誌、下將棋、飲用彈珠汽水、吃甜點或是飲用麥茶，臨檢時往往會發現一些不太好的案例，所以在明治十八年[19]左右遭到禁止。射箭場與銘酒屋[20]都能

譯註16 指立秋前的十八日，七月二十日至八月六日。
譯註17 將生桃葉放入浴池中一起加熱。
譯註18 在湯屋二樓販賣點心的掌櫃。
譯註19 一八八五年。
譯註20 掛著酒店的招牌，實則私營賣春生意的店家。

營業，唯獨禁止湯屋的二樓，也掀起不公平的評論，不過湯屋既然是本業，二樓的副業遭到禁止，也無法公開反對，所以湯屋二樓就在這時滅亡，「湯屋大姊」的名稱也就此步入歷史。

每年十月之際，沖洗處的牆壁與隔板，都會貼上「依循往例，更新留桶[21]。」的海報。這僅限於請三助[22]（東京一般稱為番頭）刷洗背部的客人，表示將為他們更換新的橢圓形木桶，不只是單純的換新，還意味著在更換新木桶之際，麻煩付一些捐款的意思。平時會使用留桶的顧客，則習慣給五十錢、一圓，或兩、三圓的捐款，湯屋則會將寫著「某某先生／女士捐幾十錢」的紙張一一貼出來，顧客為了自己的面子，也只能支付相當的捐款。雖然有人批評這是一種陋習，不過更換新留桶的費用乃是由番頭全權負責，與湯屋的老闆完全無關，若是番頭收不到捐款，可能會無法存活。花柳區鄰近地區，或是下町鬧區一帶的湯屋，澡客都很愛面子，這時反而會支付大筆的捐款，除了更換留桶的實際費用，番頭還會得到一筆豐碩的收入。

除了更新留桶之外，每天使用留桶的顧客，在盂蘭盆節及歲末兩季，還會習慣包一點紅包給番頭。辛勤工作的番頭因此能存到一些錢。除此之外，還有菖湯[23]。在大年初一及盂蘭盆節的十六日，番頭可以藉著菖湯的名義，支付老闆燒熱水的成本，澡堂收入則收歸己有，當天番頭本人會坐在櫃台，一樣擺出白木的三寶盤，收取那筆名為「小費」的泡澡費用。這一天，澡客們也會支付比平常更多的費用，番頭則會客氣地向大家一一致謝。

菖蒲浴、柚子浴、盂蘭盆與大年初一的菖湯、更新留桶，除此之外，大年初一到初三，櫃台也會擺出常見的三寶盤，收取小費。這些是湯屋的所得。林林總總算下

譯註21 澡堂沖洗處裡，個人專用的木桶。

譯註22 在澡堂為顧客洗背的男性。

譯註23 江戶湯屋在特定的日子，將一日所得捐給番頭的習俗。

來，倒是找了很多的名義，收取了不少一般泡澡費用之外的錢，一年三百六十五天，在這段漫長的時間裡，人們似乎早已有所覺悟，倒是沒有人抱怨。今天的櫃台一如往常，坐著湯屋的老闆、老婆或是女兒，每當熟悉的客人上門，就會寒喧幾句，客人多半也會聊上幾句話。也許是世上的人們都很閒吧，因為這樣的關係，雙方愈來愈熟悉，所以才願意爽快地支付前面提到的菖蒲浴或是其他的小費。

姑且不論夜間，白天的泡澡客人比較少，坐在櫃台發呆也很無聊，他們通常會看小說或雜誌打發時間。不少客人願意把他的書借給澡堂。不僅願意主動出借，還有客人會把書借回家。也就是說，櫃台成了介紹所，提供大家輪流借閱小說與雜誌。儘管他們不可能每一場都去看，不過櫃台的人對劇場的八卦可是瞭若指掌，對於這次的歌舞伎座如何、新富座怎麼樣，都能侃侃而談。因此，湯屋與髮結屋的評價，對戲劇及相聲似乎都會造成相當大的影響，湯屋的脫衣處與沖洗處，總會貼著劇場的宣傳海報，或是附近相聲表演的海報。

甲午戰爭之後，出現一個顯著的趨勢，穿著華服去湯屋的人愈來愈多了。姑且不論女性顧客，一般來說，男性顧客都是穿著家居服出門泡澡，再加上穿著上等的和服去湯屋，恐有失竊之虞，幾乎每個人都穿著棉織品去澡堂，不過這股風氣逐漸改變，別說是銘仙[24]了，盛裝打扮，穿著大島紬[25]、一樂織[26]和服或外套，披著毛巾上湯屋的人，一點也不稀奇了。從這個行為，也可以看出一般民眾流於奢華的風氣，也有一些老人暗自感嘆，卻無力阻止這股滔滔不絕的局勢。

雖然小偷並不是專門挑和服下手，總之湯屋的竊案增加了。這類竊賊過去甚至還有專門的稱呼，叫做「脫衣處工作者」，湯屋的竊案也不是現在才開始的，儘管在警

譯註24　平織的絲織品，用色、圖案鮮豔大膽。
譯註25　奄美大島生產的絲織品。
譯註26　以染色絲線斜織而成的絲織品。

察嚴密的防備之下，不管是男澡堂還是女澡堂，小偷一樣囂張跋扈。為了防止竊案，夜晚人多的時候，總會安排人在脫衣處看守，不過多半是找一個十四、五歲的少女，徒具看守的形式，到了深夜時分，多半還會打瞌睡，澡客們也很清楚，這些守衛跟稻草人沒什麼兩樣，只能自己嚴加戒備了。在湯屋遇到竊案時，業主通常要負責賠償被害者，不過幾乎也是有名無實，被害者也只能自認倒楣。儘管如此，人們仍然不放棄穿著華服去湯屋。

過去有名的湯屋淨瑠璃[27]、泡澡都都逸[28]，到了明治以後依然存續著。義太夫、清元、常磐津、新內、端唄、都都逸、假音、相聲、浪花節、流行歌，大致來說，在這裡就能聽見每一種樂曲，唱得好的人並不多，這也是從以前到現在的通病了。儘管如此，等到柘榴口撤除之後，浴缸內的演唱會卻逐漸沒落了。

有些湯屋的女澡堂，還會貼著「謝絕讚美澡」的海報。就算不這麼做，女性使用熱水的方式驚人，而且每回遇到熟人一起來，更會過分地多泡個兩、三回。而且還造成濫用出浴沖洗水的弊病，湯屋這才發出「謝絕讚美澡」的警告。不過似乎沒什麼效果，女湯需要的水量竟是男湯的三倍以上。尤其是與男性顧客相比時，女性顧客的泡澡時間非常漫長，對於湯屋來說，並不是什麼值得開心的顧客。脫衣處工作者的受害者也以女湯居多。

江戶時代，在自宅安裝浴缸的家庭並不多。這是因為室內的浴室特別容易發生火災。先不論武家的旗本屋敷[29]，一般的武士也要去城鎮的湯屋。尤其是下町那種人口稠密的地方，禁止在家中自行設置浴缸，即使是所謂的大家[30]那類商家的一家之主，通常都是去錢湯泡澡。明治以後，解除了此一禁制，再加上郊區的居民增加，

譯註27 泡澡時聽淨瑠璃，由於澡堂的回音比較好，音色也比較佳。
譯註28 民謠一種，格式為七、七、七、五，內容多半為男女情愛。
譯註29 將軍直屬家臣的宅邸。
譯註30 富有者或身分尊貴者的屋子。

在家中設置浴室也曾蔚為一時，不過此舉開銷較大，而且也不甚方便，自從明治中期起，便逐漸廢除，人們通常又回到錢湯。大正以後，又開始流行在家中設置浴室，這時，即使是一般租屋也都會附浴室了，接下來又會如何改變，尚且不得而知。

◎作者簡介

岡本綺堂・おかもと　きどう

一八七二—一九三九

小說家、編劇，本名岡本敬二，出生於東京，曾任報社記者。

岡本綺堂自少年時期就立志成為歌舞伎演出的編劇，後來除了劇本之外，還創作了許多推理、偵探小說作品。他最為人津津樂道的作品，就是以江戶城為背景的偵探小說《半七捕物帳》系列。這個系列的創作靈感，最早是來自於柯南・道爾的《福爾摩斯》，但作品內容卻洋溢江戶風情，推出後大受歡迎。岡本綺堂從四十五歲開始連載《半七捕物帳》系列小說，寫到六十五歲，共創作了六十九篇，後來還改編成歌舞伎、落語等不同形式的作品。

岡本綺堂在編劇方面的表現也不俗。《修禪寺物語》、《鳥邊山殉情》等作品，至今仍是日本歌舞伎界人氣歷久不衰的經典戲碼。

甚至想買泡澡桶

岡本綺堂（おかもと　きどう，1872 — 1939）

這裡也聚集了許多避難者，不管是哪一家澡堂，只要去得晚一點，人就多得像在洗芋頭一般，我甚至覺得泡完澡反而更髒了。不過我仍然每天泡澡，不曾缺席。

我喜歡泡澡，自大正八年[1]秋季廢除了晨間泡澡，我也是為此事感到傷心的其中一人。我聽說淺草千束町一帶的澡堂，依然提供晨間泡澡，只能遠在山手[2]一帶羨慕不已，不過，大地震[3]之後，不知道情況怎麼樣了。

多年來，我習慣造訪麴町一家澡堂，聽說那裡的老闆，每次遇到廢除晨間泡澡或調漲泡澡費等問題時，永遠都會率先發起運動，真是個討厭的男人，我總是自顧自地詛咒他，不過，不管是被詛咒的他，還是詛咒著他的我，卻在同一時間遭逢地震的火劫。後來，我暫時離開目白，前往雜司谷的鬼子母神附近的澡堂。地震過後，各地的澡堂不約而同地歇業一個星期甚至是十天，也許是各個協會說好的吧，重新營業的第一天與第二天，大多都是免費泡澡日。我也在雜司谷的御園湯這家澡堂，蒙受兩天免費的優惠。沐浴優惠，指的就是這回事。後來，直到十月初左右，我每天都光顧這家澡堂。九月二十五日是農曆的中秋節，我在這家澡堂門口，遇上一名拿著芒草的年輕婦人。我認得這名婦人也是到這附近避難的人，還記得那些芒草的葉子在微弱又寒冷的秋風中婆娑作響，讓我闃暗的心靈更加寂寞了。

後來，我在河野義博[4]的大力協助之下，在麻布十番附近租到房子，總算是有了新家。十番平時就很熱鬧，地震過後又更熱鬧，人潮也更多了。這裡也聚集了許多避難者，不管是哪一家澡堂，只要去得晚一點，人就多得像在洗芋頭一般，我甚至覺得泡完澡反而更髒了。不過我仍然每天泡澡，不曾缺席。在這裡，我都去越之湯跟日出湯，十二月二十二、二十三兩天，我在日出湯泡了柚子澡。睽違二十多年，我終於在外地泡到柚子澡了。柚子澡、菖蒲澡，讓人感受到一股莫名的江戶風情，我懷念地盯著「本日提供柚子澡」的海報，穿過澡堂嶄新的玻璃門。

譯註1　西元一九一九年。
譯註2　東京西側的台地區。
譯註3　指一九二三年的關東大地震。
譯註4　一八九〇年生，卒年不詳。大正、昭和時期的戲劇作家。

無殼蝸牛的我，今日亦是柚子澡之男也。

二十二日下了冰冷的雨。二十三日星期天，天氣晴朗。這兩天，我都去得特別早，澡堂倒是沒那麼擁擠，不過，所謂的柚子澡卻是徒具其名，飄浮在熱水裡的柚子數量實在太少了，我有幾分失望。儘管如此，剛燒好的乾淨熱水加上隱約的柚子香氣，不可思議地舒緩了我這陣子莫名緊繃的神經，彷彿地震之後首次泡澡似地，感到平靜與舒爽。

在麻布迎接今年春節的我，十五日再次遭逢規模相當大的強震。在去年大地震受損的屋子，如今損壞地更嚴重了，已經沒辦法長住。屋主也說打算重建，我終於在三月中旬離開這裡，又搬到目前的大久保百人町。這就是所謂的流離轉徙吧，抱著不知該在何處落腳的不安，總之，我決定把這裡當成暫時的居所，這時，院子裡的櫻花匆匆落去，又到了杜鵑綻放的五月了。四日及五日，泡的是菖蒲澡。這裡的澡堂叫都湯，我每天都去報到，有別於麻布的柚子澡，這裡的菖蒲澡，熱水可是浮著一整層滿滿的綠葉，見了就使人心喜。也許是叫小孩做的吧，幾束青翠濕潤的菖蒲，插在小水桶裡，好像來到鄉下地方，相當有趣。四日及五日不巧都是陰天，若是泡完澡之後，能夠仰望晴朗的青色天空，應該會更爽快吧。

澡堂就在大久保車站附近，距離我家有一小段距離，到了盛夏時節，多了一個讓人困擾的問題。我總在白天去泡澡，來回的路程也很熱。這一帶有許多上班族，澡堂的人潮從傍晚到夜間總是絡驛不絕。雖然我家有浴室，卻沒有家用的泡澡桶，所以沒辦法在家裡泡澡。幸好井水還不錯，七月開始，我都在浴室進行行水[5]。我也想在大臉盆裡盛滿熱水，毫不猶豫地嘩啦嘩啦潑在身上，可是好像不能如願。行水——這個詞帶著幾分詩趣，於是我拿行水當靈感，不斷想一些古人的俳句，努

譯註5　以臉盆沖澡。

力喚醒一些詩趣。我家的田裡還有種玉米，也有小巧的瓠瓜架，還能聽見蟲鳴聲。我是月並派[6]再加上行水，表現季節的道具都已經一應俱全，我卻想不起什麼詩意與詩趣。

我一邊沖澡，看著玉米的青葉在傍晚的風中，翻捲出隱約的白浪，我回憶起日俄戰爭當時，在滿洲的戶外泡澡的情形。海城、遼陽及其他城裡，也有中國人開設的澡堂，不過在距離城市相當遙遠的村落，卻沒有澡堂。幸好大部分的人家都有一、兩個大甕，把甕拿到田中央，焚燒高粱來燒水。滿州的天空很高，月亮宛如鏡子般澄淨。田裡到處都是西瓜與南瓜的爬藤。我在田裡，把頭從甕裡伸出來，哼著歌，簡直像是上了狐狸的當似地，如夢似幻，這也是戰時的一點樂趣，這股愉快的感覺，至今仍然教我難以忘懷。甕是陶器，要是熱水煮得太燙了，手腳不小心碰到邊緣，那種幾乎要燙傷的熱度，可會讓人忍不住跳起來。

然而，那都是二十年前的往事了。如今的我，可沒有勇氣在戶外泡澡哼歌。行水也不如想像中的風流。雖然又狹又擠，我還是很想買泡澡桶。這時，無殼蝸牛又想到一句詩了。

暑熱逼人，連無殼蝸牛都想買泡澡桶也。

譯註6 月並俳句，正岡子規發起俳句改革後，攻擊平凡、守舊的傳統俳句，稱之為月並俳句。

溫水浴

坂口安吾（さかぐち　あんご，1906 — 1955）

這裡的溫泉確實不夠熱。因為我會感到胃寒。不過，只要把毛巾放在胃上，寒意就會消失，所以泡澡的時候十分愉快。我會泡三十分鐘、一個小時，有時候甚至泡一個半小時。

搬到新家之前，早已得知這裡的溫泉並不熱。

伊東雖然是城市，卻相當偏僻，完全無法與熱海相提並論。不過，它仍然是一座溫泉鄉，馬路上有廣告塔，永無止盡地說著話、唱著歌，旅館則從不間斷地大聲播放收音機，隨時都能聽見技巧拙劣的鋼琴聲。畢竟對方也是在做生意，總不能要求對方「安靜點！」。

別的地方是住宅不足，伊東的賣屋與租屋卻很多。儘管伊東有山珍海味，不愁食物來源，東京的飲食生活也已經逐漸改善，願意忍受不方便的通勤上班族們，開始回歸東京。

閑靜又有溫泉的房子，都是出售中的房子，所以我沒辦法居住。出租的屋子大多在山上，沒有溫泉，有間空別墅歡迎我入住，雖為景色優美的閑靜山莊，卻沒有溫泉。

現在的房子比較接近市區，卻十分地安靜。我的書齋下方就是音無川，另一邊則是水田，除了我家發出的聲響，幾乎沒有其他的聲音。再加上這裡還有溫泉，雖然溫泉的溫度非常低，仲介、管理員及屋主都再三與我確認，確認我的意願，我理解之後才搬了過來。

這是一個奇妙的租屋處，一般來說，管理員通常聽任屋主差遣，這裡正好相反，管理員是伊東數一數二的富豪，住在皇宮一般的大房子裡。屋主也有一座豪華的洋房，不過，與管理員相比卻是天壤之別。管理員是年約七十的老人，據說身兼市議員與建築公司的老闆。

決定租下房子之時，老婆過去打了聲招呼，照例又被再三提醒這裡的溫泉溫度很低的事，據說對方表示：

「這是那個老婆婆（屋主）自己挖的溫泉，所以她十分堅持己見，即使渾身發抖，也要泡到底。泡的時候還要用毛巾不斷摩擦自己的身體。」

對方說房租給多少都沒關係，於是我們擅自訂了一個金額，讓老婆帶過去，據說對方表示太多了，雖然最後還是收下來了，和東京的行情比起來，房租可能只有四分之一左右。伊東的房租真便宜。

這時，我讓老婆詢問，可不可以安裝加熱溫泉的裝置？

對方似乎根本瞧不起這裡的溫泉，說：

「任憑你們處置吧，可別把那種東西當成溫泉啊。」

對於婆婆用毛巾不斷摩擦身體也要堅持泡到底的溫泉，我數度感到好奇，不過我們也沒有調查就搬過來了。

我本來就喜歡溫水浴，喜歡不管泡多久都不會冒汗的水溫。

對我來說，這裡的溫泉確實不夠熱。因為我會感到胃寒。不過，只要把毛巾放在胃上，寒意就會消失，所以泡澡的時候十分愉快。我會泡三十分鐘、一個小時，有時候甚至泡一個半小時。於是我逐漸感到睏意。要是有枕頭，真想就這麼睡過去。

儘管泡澡時很舒服，起來的時候卻很痛苦。因為我們搬來的時候是冬季，起來的時候，總是冷得渾身發抖。寒冷的日子，更是沒有餘力擦拭全身，只能拚命地套上外衣。

總之，我泡起來還算舒服，我想大概是比體溫稍微高一點的三十七、八度吧，後來我買了溫度計來測量，發現是三十四．五度。我的體溫本來就是三十五度。看來感到胃寒果然是因為比體溫還低的緣故，這也是理所當然的道理，不過我卻是到了這時才承認這回事，我也因此得出結論，泡澡的水溫與體溫相同時，泡起來很舒服。

不過，家人們都認為溫度太低了，完全不想泡澡。於是我們加裝了加熱溫泉的裝置，燒起柴火，讓自來水通過在鍋爐裡繞圈圈的水管，煮熱之後再流進浴缸裡，泡澡的候感覺很像泡溫泉，不過卻要在外面燒柴火。在溫泉鄉燒柴火，聽起來多麼乏味啊。

我已經確認一件事，我泡起來最舒服的溫度，就是三十八度到四十度，不過冬天還要對抗起來時的寒意，所以我忍耐著，泡著稍微冒汗的四十一、二度的溫泉水。

我想在伊東已經找不到比這裡更小的湯屋了吧，這是一個連沖水處都沒有的空間，不過，我也不需要更寬廣的空間了。燒柴火的人比較可憐就是了。

我會在早上、傍晚及半夜泡澡。早上，我泡著微溫的水，等到燒熱的時候，再輪到家人泡澡。接下來放著不管，傍晚，又成了對我來說恰到好處的溫度。

不過，家人知道我多半熬夜工作，會在半夜泡澡，大概是覺得我很可憐，總會幫我燒水。八點左右將水燒到四十五度上下，水在石造的浴缸裡，即使是冬天也不會冷卻，十二點還有四十一、二度，到了兩、三點，還有三十八度左右。我會在半夜泡兩次澡，讓腦袋休息，溫熱冰冷的全身。我很怕二氧化碳，腦袋馬上不聽使喚，儘管已經燒炭火溫熱室內，還是會開窗讓空氣流通，所以必須一直待在寒冷的房間裡。

因為我覺得燒柴的人很辛苦，因此我叫高橋不用煮熱水了，不過他似乎也覺得我很辛苦，還是會幫我煮水。我很感謝他的心意，不過，別人的同情只會讓我感到痛苦。要是工作不順遂，我總覺得對不起幫我煮洗澡水的人，反而造成我的負擔。

但長時間浸泡溫水，能鎮靜我的腦袋，忘記時空，茫然地摒除邪念。我家的浴室沒有燈，只能藉著其他房間的光線，在隱約微光下的浴缸裡，偶爾會完全進入小睡狀態。據說，過去胰島素及電療法尚未問世之時，精神病院會採用溫水浴療法，溫水的泡澡治療所，對精神疾病多半有卓越的功效。若是能像我這樣，與熱水的溫度同化，長時間沉浸於小睡狀態，大概完全不需要解說了吧。

我在東京的時候，就養成一天泡澡三、四次的習慣。不過，在薄木板製成的一般浴缸裡，水很快就降溫了，但是一燒柴很快就熱了，無法體驗這種忘我的狀態。

往年，每到冬季我都沒辦法工作，來到伊東後，我卻能工作了。雖說伊東是南國，也只有稍微往南方一點，東京過來的人會覺得溫暖，住在這裡的人則沒什麼感覺。我能夠工作全是拜溫泉之賜。拜不太熱的溫泉之賜。泡了會輕微冒汗的溫度，沒辦法讓我與溫度同化。

雖然我總是忘了時間，說不定我睡了一、兩分鐘，又再睡了一、兩分鐘。整顆腦袋疲憊不堪的時候，我會把整頭都沾滿泡泡，泡著熱水，再從頭部後方往太陽穴的方向，安靜地揉捏十到十五分鐘。按住兩隻耳朵，將整顆頭潛到水裡，洗去泡沫，再度與熱水的溫度同化。

想要動動人類的大腦，可以依照當事人的特質，對症下藥。沒有什麼絕對的方法，也不是什麼神秘的方法。感到痛苦之際，首先要思考方法。雖然是精神層面，若是崇敬非物質的起源，只會促進精神層面，若能下一番工夫，擴展物質層面的加工極限，即可得知這會是具備精細作用的事物。

於是，每當我持續熬夜工作時，我只能接受視神經疲勞這個最嚴重的負面刺激。我本來就是一個高度近視者，又加上遠視，不管是戴眼鏡還是不戴眼鏡，都看不太清楚。支撐鏡架的鼻樑，成了疲勞的代言人，在動腦袋時增添悶痛。

當我向天城醫生描述這種痛楚時，他借我一個洗眼機。泡澡時使用，用冷水沖洗眼睛。沖洗約三分鐘左右，再閉上眼睛，泡澡三、四十分鐘，任隨時間流逝。眼睛的疲勞迅速消退了。先用清水沖洗眼睛，再浸泡溫水，愈久愈好，有別於眼睛的疲勞，此舉可以消除大腦的疲勞。我也會在泡澡之前先刷牙，有助於放鬆泡澡時的大腦。

我認為，人類不需要貪求舒適的境界了。我並不是在嘲笑人生僅此而已。而是出於更充實、更令人沉醉的樂天念頭。為了什麼而活？為了什麼工作？為了什麼泡澡？在那股失去追求瑣事的充實感當中，我們才能感受到這些事的溫暖、懷念。即便誇大其詞地說「宇宙就在這裡」，也不會覺得奇怪吧。這並不是什麼詐術。方法與機制都很明確。只在於穩定的溫度與持續而已。

◎作者簡介

坂口安吾・さかぐち あんご

一九〇六—一九五五

日本著名小說家。本名坂口炳五，一九〇六年出生於日本新潟豪門世家。一九二六年進入東洋大學印度哲學倫理學科第二科就讀。後又進入法語學校初等科就讀，熱中於閱讀莫里哀、伏爾泰等文學大家作品。大學畢業後，和法語學校認識的朋友創刊《言葉》雜誌。二十五歲開始於日本文壇展露光芒。短篇作品〈風博士〉、〈黑谷村〉獲小說家牧野信一絕讚不已，將他一舉推上日本文壇新進作家之流。戰後發表的評論〈墮落論〉與小說〈白癡〉，構築出一種頹廢的「輸家哲學」，更在社會與文學界掀起狂潮。一九四八年唯一發表的長篇推理小說《不連續殺人事件》，獲得第二屆「偵探作家俱樂部賞」。

溫泉一

中谷宇吉郎（なかや うきちろう，1900 — 1962）

我父親明明住在溫泉區，每到夏季，還是經常帶著孩子，到附近一個 Y 溫泉區。似乎是因為我們搬到溫泉區之前，還過著農村生活時，每年夏季都習慣出門前往 Y 溫泉進行溫泉治療的緣故。

我非常喜歡溫泉。也許是少年時期在北陸的溫泉區度過的關係吧，如今，只要身體稍微出一點狀況，我總會想，只要去溫泉就能馬上恢復活力。身體好的時候也差不多，放暑假的時候，我經常想隨手帶一本書，前往山裡的溫泉。

溫泉是否真的對身體有益？目前的醫學還無法斷定。大概只能說有效吧，至於溫泉，尤其是有湯之花[1]的溫泉，為什麼比一般的熱水有效呢，目前我們仍然無法解答這個問題。也許是含有鐳，或是可以轉換心情啦，還是遠離都會生活，呼吸清淨的空氣之類的，似乎都沒有什麼根據。

儘管如此，我還是一直覺得溫泉對身體非常有益。即便現在的科學可以提出「證明」，表示我信仰的溫泉無效，我依然根深蒂固地認定，溫泉很有效。不過我們完全不需要擔心這件事，日本的醫學曾經一度忙得無暇顧及溫泉的功效，直到這幾年，又逐漸傾向認同溫泉的價值。

在我孩提時期居住的鄉下，就有溫泉治療的習俗，從小就把我對溫泉的信仰深植在我的腦海當中。這陣子，在城市長大的人，尤其是年輕人，已經把溫泉區視為觀光地，他們似乎完全無法想像，溫泉以前是療養的地方。更別說我們成長的鄉下，這陣子已經完全看不到以前那種溫泉治療的習俗了。僅僅不過二十年的時光，代代祖先流傳下來的溫泉治療，便從我們居住的農村絕跡了。我不僅從懷舊的角度感到惋惜，同時也意外發現，部分農村人士似乎不再認為溫泉與保健有相當密切的關係了。

日本農村人口付出的勞力非常驚人，在城市生活的人應該無法想像吧。人們認為在鄉下呼吸清淨空氣的人，比住在城市塵埃裡的人健康，大多數的人都有這樣的誤解，近來，農村人們的健康狀態明顯惡化，部分人士認為農民的健康乃是國防的基礎，為此鬧得沸沸揚揚。鄉下有許多筋骨強健，看似健康的人們，不過，這樣的人上了年紀也會急速老化，在鄉下，五十歲已經可以視為老人了。很顯然地，這是過度勞

譯註1　指沉澱在溫泉內的礦物。

動導致的現象，不過，在目前的狀態下，完全無法期待減少勞動與增加營養吧。也許這是有點類似溫泉救國論的話題，二十年前，鄉下盛行的溫泉治療習俗，也許就是一種保健方案，並發揮了相當良好的功效吧。

他們所謂的溫泉治療，極端的時候還會扛著米或棉被，利用夏季農作物收成前的短暫農閒期，前往附近的溫泉。住宿費頂多只要一天十錢或二十錢，其餘的三餐自理，所以中產階級的一般農家也能負擔得起這樣的習俗。即使沒那麼便宜，憑我小時候的記憶，印象中也很便宜。我父親明明住在溫泉區，每到夏季，還是經常帶著孩子，到附近一個Y溫泉區。似乎是因為我們搬到溫泉區之前，還過著農村生活時，每年夏季都習慣出門前往Y溫泉進行溫泉治療的緣故。因此，都會前往固定的旅館。我們總是住在二樓的兩間房間，把中間的紙拉門拆下來，把拉門全部打開。房間緊鄰鄉下溫泉城鎮的狹窄馬路，泛黑的舊扶手上，永遠掛著濕毛巾。抵達當天的下午，櫃台經常送來「歡迎光臨」的豆沙包。接下來，每隔兩、三天，也會經常送來糯米丸子或豆皮壽司等等禮物，我幼小的心靈感到十分開心，如今，在我朦朧記憶的一隅，依稀還記得幾個場景。

溫泉治療的客人，每天會泡溫泉五、六次，泡完都會隨性披著單層和服，躺在黃色榻榻米上睡覺。有人認為泡完溫泉就用毛巾擦拭身體，將會減低溫泉的功效，於是全身濕答答地站在簷廊，等待身體自然乾燥。接著再去泡一次漫長的溫泉，很多人經常占據浴池的其中一個角落，把頭倚在浴池邊緣，腳抬高，放在另一個邊緣，只把身體泡在熱水裡，半睡半醒地泡著。在北海道的溫泉區，如今倒是還能看到這樣的人。我曾經遇過一個長得像羅漢[2]塑像的老人，像這樣躺在溫泉裡睡覺。那位老人一本正經向我說明，採用這種姿勢時，泡再久也不會暈眩，人類除了口鼻之外，手腳的指甲也會呼吸。

譯註2　泛指悟道的高僧。

泡這麼久又這麼多次溫泉，從現代的醫學角度看來，對身體似乎不太好。前年秋天，我的身體狀況不太好，曾經帶著家人，暫時搬到伊豆的Ｉ溫泉。當時，我的醫生朋友一直提醒我這件事。據說該名朋友的親戚，曾經去溫泉療養，泡了太多次溫泉，反而導致病情急速惡化。聽說這種情況經常發生在胸部疾患的病人身上，對於一般人而言，泡太多次溫泉似乎也會耗費過多的勞力。綜合上述的觀點，溫泉治療的客人們用那麼亂來的方法泡溫泉，還說效果很好，也許是因為他們平時的勞動早就超乎想像，十分辛苦，所以這種程度的泡溫泉對他們來說，反而是一種良好的休息吧。

就這層意義看來，溫泉治療是否真的有效呢？我想目前還沒有人能用科學的角度證明。不過，誠如我們歷代祖先一直以來流傳的傳統，溫泉治療似乎成了一種信仰，而且維持了這麼長的期間，表示應該真的有某些效果吧。最常見的說法就是夏天去溫泉治療後，那年冬天就不會感冒。像北海道開墾移民那般，在嚴厲條件下生活的人們，夏天去一趟溫泉治療，那年冬天就不會感冒，也不會染上移民生活常見的風濕病，這也是常見的說法。所謂的一趟，通常指三個星期，據說有人認為兩個星期也沒問題。不久之前，登別溫泉還有許多溫泉治療的客人，相當熱鬧，這陣子，農村的人們似乎已經無法再負擔這點小小的奢侈了。儘管如此，在登別等地，似乎還保留著溫泉治療的風俗，當地一流的大旅館依然保留著為溫泉治療的顧客打折的制度，例如一天的住宿費只要八十錢之類的條例。

信州山裡的溫泉，例如發甫，十年前確實還有許多溫泉治療的顧客，現在應該已經少多了。去年，我去東北的溫泉時，聽說在極為偏僻的溫泉地依然維持這樣的風俗，不過，火車容易抵達的地方，幾乎都絕跡了。夏季農閒期正好會碰上來登山或避暑的學生，冬季休息時則撞上滑雪客，除了相當偏僻的山區溫泉地之外，似乎已經沒有農村的溫泉治療客能介入的餘地了。這並不僅僅是經濟方面的問題，而是來了太多的「城市人」，鄉下人（尤其是老人）即使強行闖入，也會被人瞧不起，無法安心逗留。

總而言之，保留這種意義的溫泉治療制度，規模最大，並且最多人利用的，應該就屬別府了吧。不過那也是第一次世界大戰之前的事，近年來當然已經荒廢了。二十年前，我曾經到別府的旅館，剛開始女服務生便問我：「請問是木賃宿還是旅籠呢？」旅籠指的是正常含餐點的住宿，木賃則是自炊的制度。房間費則是一張榻榻米大多少錢，棉被多少錢，都有固定的費用，雖說是自炊，旅館還是會販賣白飯及簡單的配菜，可以靠這些果腹。廚房當然是共用的，應該可以借到一般的廚房用具。就這點來說，這種木賃制度，比現在的飯店合理多了。過去的溫泉住宿，應該是以這種木賃為主，旅籠的客人，跟來溫泉旅館「旅籠」的客人一樣，也許都是特殊的顧客吧。我曾在高中時期的暑假，前往別府，當時還來了許多這樣的溫泉治療客。狹長的走廊上，有一側面向中庭，另一側則有許多同樣的房間，一字排開。其中有老人、還有年輕、身材健壯，讓人有點意外的男性，當時的景象使我留下深刻的印象。

不管是別府還是加賀的溫泉，這樣的顧客顯著減少的時間點，自然是第一次世界大戰期間，景氣良好的時代。一流的旅館來了城市的有錢顧客，二流旅館則是來了附近村落那些遊手好閒、不務正業的客人，當他們習慣賺取這些「存款」時，溫泉治療的客人自然沒有介入的餘地了。同時，旅館的老闆們，基於無法什麼都不做的心情，拚命地擴建，購買奢華的日用品，逐漸將經營逼上絕路。不過，在紙拉門把手懸掛朱色流蘇這樣的品味，總不可能永遠通用。當景氣好的時代結束，經營者們紛紛敗在這些設備手下。部分人士急忙迎接所謂的團體客，其他人則將溫泉區逐漸帶往紅燈區的方向了。對於農村的保健問題來說，後來的傾向對於溫泉治療制度的衰退，自然造成直接的弊害。在我狹隘的見聞範圍之中，兩者都處於經濟失速發展的路上。其中，比較成功的便是少數針對家族顧客為主，推行經營方針的人們。在這個世上，與其在自家的家裡有所歸宿，勉力跟上時代的步調，迅速採用此經營方針的人們，反而平安無事。無論如何，已經滅亡的溫泉治療制度，似乎已經沒有復活的機會了。

溫泉也隨著時代改變了。在這次的事變中，我們遭遇了前所未見的國難，我想我們可以關注溫泉將會出現什麼樣的變化。伊豆的溫泉，有五座旅館成了傷病軍人的臨時療養所，來了許多的白衣勇士。在秋天晴朗的天空之下，也能看到他們在廣場與鄉下的孩子們一同嬉戲的爽朗景象。溫泉似乎是治療傷勢的最佳辦法，看到這群勇士們逐漸康復、離開，真是令人欣喜。另一方面，在同一座溫泉區，也許是受到戰時景氣的波及，倒是相當熱鬧。

第一次世界大戰時，溫泉成了觀光勝地，不過這次似乎不如以往，能看見那麼強烈的傾向。另一方面，人們也認同溫泉的療養功效。然而，我認為這時的功效與過去的溫泉治療似乎不太一樣了。再過一、兩年，我想這股嶄新的溫泉色彩，大概會更鮮明吧。

◎作者簡介

中谷宇吉郎・なかや うきちろう

一九〇〇——一九六二

物理學家、隨筆家，出生於日本石川縣，低溫物理學的權威，被稱作「雪博士」。一九二五年，東京大學物理學科畢業。在學期間，師事寺田寅彥，並受到寅彥的影響而發表隨筆。一九二八年，留學英國。一九三〇年歸國，當上北海道大學助理教授。一九三二年，當上北海道大學的教授，此時開始研究雪的結晶。一九三六年，世界首次成功製造人工雪。一九四一年，獲頒日本學士院賞。晚年，為研究冰的單結晶而前往美國、格陵蘭。著有《雪的結晶的研究》、科學隨筆《冬之華》、《續冬之華》等。

溫泉二

中谷宇吉郎（なかや　うきちろう，1900—1962）

一回，我們泡完澡之後閒聊，討論到日本錢湯與西方浴缸的優劣論。考慮到傳染病的問題，西式一定比較衛生，不過我們三人無可救藥地都是日本錢湯的信徒。

這是一段二十多年前的往事了，我跟弟弟曾在巴黎住過一段時間。我當時是文部省[1]的留學生，弟弟則專攻考古學，我們只領到特羅卡德羅博物館的微薄獎學金，兩個人過著非常貧窮的日子。

於是我們必須盡可能過著不花錢的生活。跟那些自費出國學畫的學生一樣，過著自炊的生活，這是最省錢的方法了，以當時的幣值來說，一個月大約五十圓就能度日。不過，這麼做會影響課業，最後我們住進距離蒙蘇里公園有一段距離的日法學生會館。

那所會館的生活非常方便，費用又很便宜，沒什麼好挑剔的。不過，總覺得生活索然無味，在外國待久了，難免心浮氣躁，總覺得有股空虛、寂寞的感覺。因此，室友們經常到巴黎的鬧街找樂子。

基於沒有錢的主因，我們倆人每晚通常都乖乖在學生餐廳用餐，夜裡也只會讀書。去年榮獲學士院獎的數學家〇君，也是我們的同伙，三個人永遠都像金魚大便般緊緊黏在一起，去另一棟大樓的餐廳吃飯。

這所會館最大的優點就是隨時都能泡澡。先不提現在，在當時的美國，浴缸隨時都有熱水，算是非常普遍的事。不過，歐洲則否，在一般家庭中，不可能隨時使用浴缸。我和弟弟都是生於溫泉鄉的人，非常喜歡泡溫泉，所以，就浴缸這個部分來說，我非常喜歡這所會館。

傍晚，從外面回來時，我會先泡一次澡。接下來各自忙著工作，直到夜晚十二點左右，精疲力盡的時候，就呼朋引伴，走過漫長的走廊，前往浴室。浴缸各自以隔間隔開，像馬桶一般並排在一起。泡完澡之後，通常會去某個人的房間納涼，聊些芝麻小事，聊上一個小時左右，再各自回房睡覺。完全是模範生的榜樣。

然而，我們剛開始還能感到滿足，稍微習慣之後，又開始懷念起日本的浴缸了。這也是很正常的事，仔細想想，西方的浴缸是衛生設備，完全不包括娛樂的要素。我

譯註1　過去日文中央省廳之一，相當於台灣的教育部。

們進了一個像壁櫥的地方，在一個像棺材的地方泡澡，只是一直躺在水裡而已。在狹小的隔間裡，充斥著朦朧的水蒸氣，於是一般人通常只會洗戰鬥澡，迅速出來。雖然我們算是悠閒地躺了一會兒了，仍然沒什麼泡澡的感覺。

一回，我們泡完澡之後閒聊，討論到日本錢湯與西方浴缸的優劣論。考慮到傳染病的問題，西式一定比較衛生，不過我們三人無可救藥地都是日本錢湯的信徒。喜歡在寬敞的浴室裡，泡著盛滿浴缸的熱水。現在想起來，可以說是相當奢侈的一件事，經歷了奢侈的享樂，也許會萌生泡完溫泉的心情吧。我想這應該不需要多加說明吧，西式浴室沒有沖水處，大家通常都站在浴缸裡抹肥皂。所以接下來就會從表面浮著一層淺灰色污垢的肥皂水裡出浴。比較神經質的人，會把這些熱水全都漏掉，在浴缸裡重新盛滿新的熱水，再次洗滌身體，不過這樣的人算少數。所以西式浴缸雖然在細菌方面比較衛生，心理層面卻不怎麼乾淨。

我們本來就喜歡錢湯，所以隨手都能找到理由。我們一致認為西式浴缸很無趣，日本的錢湯高級多了。心理層面的乾淨，的確比較高級。

然而，問題在於溫泉。雖然錢湯真的很高級，再豪華的錢湯，還是比不上溫泉。這也是因為我們本來就很喜歡溫泉，所以很容易導出這樣的結論。浸泡溫泉時，那股舒適愜意的感覺，到底是從打哪來的呢？這成了我們下一個重大的課題。

因為四周的景致良好、遠離都市來到鄉村，或是不像一般的錢湯那麼擁擠，我們舉出好幾個理由，不過這些常見的說明，似乎無法讓人感到滿足。於是我們的矛頭傾向物理學、數學與考古學的專業知識，熱烈討論了一番。最後，三個人終於一起拍了拍大腿，達成「就是它」的結論。結論就是「一般的熱水需要抬腿跨進去，溫泉不需要抬腿跨進去」。

最近的溫泉已經跟一般澡堂差不多，都變成浴缸，需要抬腿跨進去了。不過，那種都不是正統，原本的溫泉應該是由地面往下挖成浴池。走過沖洗處，再直接撲通跳進溫泉裡，這才是溫泉的價值。如果要把手搭在浴缸上，雙腳抬高跨過去才能浸泡的熱水，根本不用特地出門泡溫泉。

泡溫泉的感覺，要把頭倚在浴缸的邊緣，讓全身飄浮在水裡。如果是邊緣比較高的浴缸，則非常不方便。聊個比較玄奇的話題吧，自然界之中的浴池全都是池塘狀，沒有浴缸那種高高的邊緣。在鬱鬱蒼蒼的森林環繞之下，一方淺綠色的小空地之中，有一座水質清澈美麗的池塘。妖精在這裡入浴時，以指尖輕輕踩著水底的小砂石，走進水裡，便成了一幅妖精戲水圖。若是需要「嘿咻」一聲跨過木板浴缸，走進水裡，這畫面一點也不好看。

以上當然是玩笑話。不過，溫泉的浴缸要往底處挖成浴池，才是呈現溫泉感覺的一個要素，這個看法似乎是真的。在奇怪的地方白費力氣，表示人的心情容易受到一些無關緊要的芝麻小事嚴重影響。在這種情況下，自然姿態一脈相承的內容，才會發揮更有力的效果吧。

這裡提到的舒適愜意，仔細想想，也是一種相當複雜的情操。因為我對心理學一竅不通，也沒辦法說什麼專業的見解，不過我們可以肯定的是，在構成要素之中，一定會有接近自然這一點吧。另一個重大因素應該是必須豐足。小氣巴啦可沒辦法讓人感到舒適愜意。

話說回來，溫泉的浴缸之所以會採用那樣的形式，必須要有豐足的泉水，維持隨時都讓水滿溢流出的狀態。因為熱水隨時滿到溢出來，即使是浴池，依然能維持潔淨的感覺。由於浴缸低於地平面，要是給人髒兮兮的感覺，也是無可厚非。不妨想像一下，如果事實上這類型的溫泉，熱水只有八分滿，可是讓人一點也不想走進去。溫泉的優點在於安靜地將身體泡進去之後，熱水會嘩地溢出來。倘若熱水在沖水處形成小氾濫，讓桶子浮起來、飄走，那就是滿分的溫泉了。

像錢湯這類的浴缸，只要熱水放了八分滿，大家通常都會心滿意足。泡進去的時候，跨過浴缸的邊緣後，熱水並不會溢出來，很少人會抱怨這件事。這時之所以沒有髒兮兮的感覺，乃是因為浴缸八分滿的水面，還是高於沖水處的平面。因此，用燃料燒的熱水，必須採用邊緣加高的浴缸式。

往低處挖的溫泉浴缸之所以優秀，有一個熱水必須滿溢的先決條件。也就是說，可以隨時保持放流的狀態，這樣才展現溫泉的價值。傳統的日本溫泉，多半採用這種風格。這可是十分奢侈的方式。近來，在知名溫泉區的大飯店等地，經常看到錢湯式的大理石氣派浴缸。我想大概是因為溫泉的水量不夠多吧。

不妨試想一下，和飯店的大理石浴缸比起來，鄉下溫泉區的放流式、石頭搭建的粗糙浴池，反而奢侈多了。從出水口不分晝夜地大量流出熱水，如果要用煤炭補給這股熱量，每個月大概需要燒個五十噸左右吧。假設每噸一萬圓，那就要五十萬圓。浸泡在每個月要價五十萬圓的熱水裡，萌生氣宇宏大的感覺，也很正常吧。因此，溫泉才能讓人感到舒適愜意。

「溫泉不需要抬腿跨進去」這件事，終究取決於大量使用近乎無窮無盡的地熱資源這件事。一個溫泉出口相當於每年五百萬圓左右的煤炭，真是揮霍無度啊。我不知道全國有多少個溫泉的出口，至少有好幾萬個吧。假設以兩萬個來估算好了，光用這個數字來換算煤炭，每年就要流掉一千億圓份的熱量。也許數字有所出入，總而言之，我們可以肯定的是，已經是超越想像的極巨大熱量。

然而，溫泉持有的熱量，不過是地熱的一小部分罷了。真的是九牛一毛。即使是地熱的極小部分，若能聰明地運用這些熱能，也會成為日本的重大能量資源。日本的雨水、雪水非常多。如今，人們才慢慢理解，我們擁有極為豐富的水資源。然而，日本除了豐富的水力發電資源外，還有另一個巨大的能量資源，那就是地熱。

地熱並不是什麼嶄新的話題，早在很久之前，部分人們就經常討論起這個問題。已經有熱心人士針對宮城縣的某溫泉區，自費進行地質鑽探，取得大量的過熱蒸氣，進行以過熱蒸氣為動力的研究，研究即將完成。如果能推動這類型研究，也許能迅速發展我國的地熱運用吧。但願國家能稍微致力於這類型的研究。

說到運用地熱，記得報紙曾經大篇幅報導過「地熱發電」的話題。我記得我讀過這樣的報導，大概是在九州別府吧，基本上已經實驗成功，正要打造小規模的發電廠。我的記憶之所以模糊不清，乃是因為我目前對這個話題不感興趣。希望各位聽了不要生氣，坦白說，我對運用地熱非常感興趣，但是，接下來的發電方面，我目前實在提不起勁。因為我覺得比起地熱，對於可以更輕易運用水力發電，目前都鮮少有人開發與研究了，所以不應該一頭熱地投入地熱發電的研究。

地熱發電最發達的國家是義大利，在某個地方，已經締造相當優秀的成績，似乎已經實際運用了。義大利與日本相似，都是地震國家，有許多火山與溫泉。因此，也有極豐富的地熱。所以他們才會進行地熱發電研究。也許日本也應該大舉研究吧，不過我們必須顧慮一點，那就是義大利與日本的國情完全不一樣。義大利幾乎完全沒有煤炭，還是一個水資源匱乏的國家。這樣的國家致力研究地熱發電，也是理所當然的事。不過，像日本這種水多到用不完，還大量拋棄的國家，與其研究地熱發電，不如致力於如何提升水的利用程度，才是正確的步驟吧。這就是我目前對地熱發電不感興趣的原因。這類型的研究原本要耗費大半的努力在運用地熱上，發電方面則沒什麼難度。這類研究的結果，可以解決運用地熱的其他問題，應該會有相當大的貢獻吧，絕對不是毫無意義之事。我認為值得獎勵。如果地熱發電的接受度相當高，不妨致力推廣。然而，我們還是要了解問題的本質。

關於運用地熱方面，野口研究所的工藤先生提倡一個非常有趣的概念。以下是我從工藤先生那邊聽來的說法，他認為在運用地熱方面，直接將過熱蒸氣應用於工業上，是最有利的方法。他說得一點都沒錯。需要大量使用過熱蒸氣的工業，例如木漿、精煉硫磺，還有其他不可計數的工業。如果能將這些地方使用的部分煤炭換成地熱，相信可以造福國家的利益。

至於運用地熱的實際方法，原則上是以導管引入，噴出過熱蒸氣即可。這些步驟業已完成實驗，目前已得知沒什麼太大的難度。關於壽命方面，也沒什麼好擔心的，超過千年的傳統知名溫泉，直到今日依然持續湧出泉水，所以可以設想為半永久。我想，把它的壽命視為與核子反應爐差不多，應該沒有問題吧。相對於美國的核能，日本也能以溫泉對抗，這個概念倒是不差。如果全世界都能用這樣的步調進行，那就太棒了，可惜似乎事與願違。大家應該搞不清楚，以上的內容是正經的？還是在開玩笑呢？認為我在開玩笑的人，它就是一個笑話。認為也許上述可行的人，希望你們能持續關注這件事。

前往雪國的溫泉，全身泡在溫泉裡，眺望窗外的雪景，相信沒有人討厭這件事吧。這時，不妨想一想，如果整座山的雪全都能化為水力發電，這座溫泉源頭的地熱能夠供給日本的熱能，這個想法還不賴吧？

伊香保

寺田寅彦（てらだ とらひこ，1878 — 1935）

從此處泉源湧出的溫泉量，似乎非常豐沛。不僅能充滿大量旅館的浴缸，還有剩餘，甚至大大方方地溢流到路旁的小水溝，注入下方的溪流。

兩、三年前的夏季，為了前往不曾去過的伊香保榛名觀光，我出門旅行。然而，我進了上野車站的剪票口之後，把手伸進背心的暗袋裡，發現裝著所有旅費的皮包不見了。大概是某個「街頭紳士」混在剪票口的人潮之中，一時手癢把它抽走了吧。我失去再度出發的勇氣，就這樣持續至今。對於拿走錢包的人來說，內容應該不符合他的期待，大感失望吧。結果，這趟伊香保之旅的計畫，就在兩個人的失望落寞之下告終。

這陣子，我的身體微恙，於是打算到某個溫泉待兩、三天，調養身體，目的地就選了這個曾經有一段過往的伊香保。十月十四日星期六的上午十一點，我搭乘由上野出發的火車，這次總算沒碰上小偷阻撓了，意外的是，火車上的乘客不多，空盪盪的，再加上天氣也是難得的大晴天，硬要說有什麼不滿的，那就是這個時節還太早，沒辦法充分欣賞武藏野的秋季，樹木缺乏色彩，不足以打破稻田及桑田構成的市松圖案。

半路經過的寂寥小車站，都能看見塗著嶄新金屬漆的巴士。過去，在這些車站前一定能看到步履蹣跚的老車伕，他們的背影散發一股淡淡的感傷，如今，再也體會不到那股滋味了。

到了某個小車站，停著一輛貨物列車，車上載滿活生生的豬隻。車裡分成上、下兩層，全都塞滿白白胖胖的活豬。有些豬用可愛的眼睛望著我。那張臉跟家裡的白貓有點像，不過牠的鼻面好似一隻喇叭，而且顏色像禿頭，性感又油亮。我想這些豬隻正在待宰殺的路上吧。

我發現一件事，距離鐵軌約三町[1]遠的工廠，高聳煙囪排出的煙大多往東方飄散，較近的工廠，低矮煙囪的煙則往南方流逝。是不是因為火車行進，導致附近的氣流逆向流動呢？我想也許是火車的影響吧，不過我總覺得無法釋懷。我想接下來應該還會遇上類似的煙囪可以對照吧，到時候再仔細觀察，沿路注意著，結果終究沒有碰上，就抵達澀川了。那些看來隨處都有的事物，在這世上卻是無可取代的。我們偶爾

譯註1　一町約為一〇九公尺。

會碰上一些不可思議的事，才是這個世上的常理。

澀川車站前，停放著巴士與電車[2]，等待前往伊香保的旅客上門。大多數的旅客都選擇巴士。電車司機經常按著喇叭，卻一臉悠閒地望著擠巴士的訪山客們。看來他早已超脫失敗者的命運了吧。跟我同行的S，同樣受到巴士那股近代感的誘惑，選了巴士。我們搭上空盪盪的車子，結果立刻來了一個小團體，把車裡的空間盡數填滿了。車裡飄著一股酒香。

路旁的山崖有浮石層。有點像遍布整片淺間山麓，近似豌豆大小的石粒，累積成一道石層。不過我想應該不是從淺間飄散到這裡的。也許是數萬年前，榛名火山本身噴發出來的吧。說不定是隔壁赤城山噴發的產物呢。

前幾天，我請教過伊香保達人的M，他建議我們住在KK的別館，那是一個安靜的地方。不過我問他：「臨時到訪會不會遭到拒絕呢？」他說：「沒那回事。」下車後，我們兩人各自提著一件行李，走到附近的別館別口。館內鴉雀無聲，玄關也不見人影。過了一會兒，裡面走出一個看似掌櫃的長者，也沒叫我們進去，只是站在原地，以不可思議的眼神，居高臨下地看著我們。我心想，這可不行，至少要問一下有沒有空房吧。於是，那個大概是掌櫃，年約五十的人正好用一種在某個區公所會碰上的，態度極為親切的守門員的態度說：「如果沒有事先預約，恕我們無法招待⋯⋯。」讓我們明白貿然上門是一件多麼愚蠢的事。在他後方的樓梯下方，有三名頭上綁著擦手巾，為方便活動將和服下襬夾在腰帶，手持掃箒的女服務生，她們湊成一個「姦」字形，一直盯著我們兩人瞧，都快把我們的臉盯出一個洞來了。

我們提著行李，無精打采地回到巴士站，突然毫無來由地想要直接回東京了。在這個全是坡道的城鎮，不知道能不能找到投宿的飯店，還要到處去找，根本不符合我們原本來休養的目的，如果非得這麼做，我還不如待在東京家裡的簷廊，望著還沒凋

譯註2　一九一〇年起營運的電車，已經於一九五六年全面廢止。

謝的美人蕉，伸伸懶腰，來得有效多了。不過，S說既然都要回去的話，至少到處走走看看，到時候再回家也不遲，於是我們將麻煩的行李暫時寄放在巴士的候車處，緩緩走上坡道。

當飯店客滿時，如果能在入口放一個「客滿」的招牌，不知該有多方便呢。如果是特地以該飯店為目的，遠道而來的客人，在無論如何都無法收容的情況之下，至少幫忙撥個電話給溫泉飯店協會，代為詢問別家飯店的空房，協助客人應該不是一件難事吧？不管來客是何許人也，把特地登門的旅客當成走錯路的人，這樣對待客人，不是有點可憐嗎？既然這樣的話，不如在「旅遊導覽」等廣告上清楚載明這件事，還比較親切吧。

在我有點貧血的腦袋中，不斷重複著這些失敗者的抱怨，同時走在狹窄的上坡路，沒想到竟然意外在一家感覺不錯的嶄新M旅館的別館三樓，找到一間景觀好得教人意外的空房間，這時，我那愈來愈不開心的情緒才逐漸恢復，同時又想到這下總算能在不熟悉的旅程中，讓疲勞的神經與肉體好好休息，我覺得非常幸福。

從房間的窗戶瞭望，團體客人似乎陸續來到該飯店的本館。本館下方的山腰沒什麼人家，為各種樹林掩蓋的山腰坡面，在午後陽光的照射之下，相當美麗。黃色稻田稀疏的直條紋圖案，在遠方的半山腰逐漸開闊，更遙遠的那一頭，隆起一座不知名的山脈，陽光的光與影，以深邃的色調，鮮明地勾勒出山腰刻畫出的褶皺。走到對側面山的走廊，可見這一頭的半山腰，蓋滿了層層疊疊的溫泉旅館，這樣的聚落光景，彷彿世上最不可思議的標本。從前，我到羅馬附近的阿爾巴諾旅遊時，經過以《即興詩人》[3]聞名的簡扎諾（Genzano）湖畔。從湖的另一頭，眺望著與湖同名的市鎮，與這裡的景色似乎有幾分相似之處。然而，古老的義大利鄉下城鎮，適合繪製成油畫，此處則適合繪製成版畫。據說幾年前此地曾遭逢祝融，此處確實相當容易助長火勢。

譯註 3 Improvisatoren，安徒生的自傳小說。

我想應該需要準備特別的防火設備。

小歇片刻後，我出門造訪泉源。在這座小市鎮裡，小巷乃是水平狀，大馬路就成了陡坡，與極不規律的階梯旋律，譜成二重奏。除了飯店與紀念品店，這是個什麼都沒有的城鎮。應該是一個值得人文地理學家研究的山腰溫泉街標本吧。

拾級而上，階梯的盡頭是伊香保神社，右轉則會來到緊臨溪畔的崖邊小徑。這條路被綿延不絕的紀念品店占據，阻絕了溪流的景致。如同溫泉水流動處會形成湯之花，這種地方的人流路徑，也一定會形成這類亂七八糟的商店陣容。比較特別的是這條路兩旁種著各種樹木，樹上垂掛著一些木牌，寫著樹木名稱。倒是省略了拉丁文的學名。

這裡以石牆防止山壁崩塌，算是所費不貲的工程。我想這樣的小工程也許能防止某種程度的崩塌吧，要是明天將會發生大崩塌，能輕易壓垮比這工程大上十倍、一百倍的大石牆呢？我想算命師與學者都沒人能保證不會發生這種事吧。只要不去思考未來的可能性，就能活在現在的極樂世界。盲目忽視自然的可能性，就這點來說，人與螻蟻沒什麼兩樣。

走到這一帶，紅葉已經染上斑駁的色彩。據說，長在細長溪流橋畔處兩旁的紅葉，轉紅的時間比較早。也許是受到夜間吹往水岸的寒風影響吧。攝影師翻開相簿，一直吵著說要幫我們拍照。我說：「我不是來尋死的。」回絕了他。

走到泉源處，太陽已經沒入山的另一頭，在傍晚的餘暉下，雜樹林的色彩呈現細膩又美麗的協調。這時，樹幹的顏色也十分迷人，不過，似乎很少人讚美樹幹的顏色。

從此處泉源湧出的溫泉量，似乎非常豐沛。不僅能充滿大量旅館的浴缸，還有剩餘，甚至大大方方地溢流到路旁的小水溝，注入下方的溪流。在其他某地區的某座小溫泉，好不容易才能填滿一座浴缸，而且泉水還不夠熱，有人為了將泉水加熱，耗費一輩子的努力，好不容易才在死前一年成功。如果他看到這裡的情景，不知做何感想呢？有些地方多到滿出來，有些地方則是完全沒有，這句話不僅可以用來形容智慧與黃金，也可以套用在風景名勝或溫泉，是自然的大法則。活生生的自然界，沒有平等這回事，平等亦即代表宇宙之死。不管要發起多少革命，砍下多少人的首級，想要讓富人與天才絕種，仍然是一件難事。更別說只要有少許自催化反應[4]的地方，不平等反而是普遍的現象。順應法則者榮，背逆法則者亡，此亦為普遍的現象。

回到飯店一看，我們住宿的新館也來了兩、三群團體客，熱鬧非凡。〇〇銀行〇〇課一團比較文靜，有許多穿著晨禮服，看似官員的人。〇〇百貨〇〇分店一行人多半穿著和服，他們找來藝妓助興，傳出三絃琴音，不過，以唱歌為本業的藝妓，唱到轉音處竟然音準飄忽，其中一位客人唱得還比她好，過了一會兒，音準再次飄走了，真是有趣。最下方的宴客廳，傳出鬧哄哄的踏步聲，那團人好像在跳東京音頭。雖然人數很少，不過這組人馬似乎占了壓倒性的優勢。

應該也有像我這種，想要遠離都市塵囂，暫時休養疲勞的大腦，到此處尋求山中自然之人；或是在東京怎麼也甩不開各種斬不斷的限制與束縛，為了一天的自由，想要盡情伸展自我，特地選擇這個地方的人。這是一種人界的現象。要是這兩種人比賽相撲，肯定是前者落敗。後者就連在飯店都要廣為宣誓自己的存在感，就連經過走廊都要發出重重的腳步聲，明明只是要跟距離三尺遠的同伴說話，卻發出響徹整座飯店的大音量，屬於前者的客人，只能窩在他們的小房間裡，愈來愈虛弱，聽著噪音，躺在被褥裡，輾轉難眠。望向壁龕，那裡掛著仿製的不折[5]的作品，五言漢詩的最後一句是「拂枕憐長夜」，這應該是偶然吧。等到團體客人終於安靜，隔壁房間來了帶小孩的客人。假設我能把單調的東京音頭當成暴風或海浪聲，置若罔聞，卻沒能對可愛孩子的隻字片語充耳不聞。由於電燈的光線微弱，我也不能讀書來打發時間。

好不容易才等到飯店幾乎寧靜無聲，輪到門口的咖啡廳了，留聲機演奏的流行小

譯註4 在化學反應中，能改變反應速率而本身的組成和質量在反應後保持不變的物質，稱為催化劑。如果一個反應，它的反應產物能提高該反應速率，即反應產物能起催化作用，這個反應就被稱為自催化反應。

譯註5 中村不折，一八六六—一九四三。書法家。

唄，傳出酸酸甜甜的旋律。不過，這種大眾音樂的曲調，在這種半山腰溫泉市鎮的夜間氣氛之下，倒是讓人想起了過去某個地方的按摩人笛聲，或是沿路幫人算命卜卦的聲音。

說到留聲機，抵達飯店時，一旁視野開的簷廊就擺著一座旅行用的留聲機，家族旅行的客人，播放著各種精選的西洋唱片。我想，就存在感鮮明這一點，他們跟前述東京音頭的那團人一樣，都是同類型的人吧。

半夜下了一場驟雨。到了早上，雨已經停了，不過低沉的天空布滿烏雲。總之，我們打算上去榛名湖看看，於是往下走到谷底的纜車站。谷底車站的風景有點好笑。仔細一看，不曉得是前往剪票口的階梯還是坡面，湧進大量的人潮。看起來好像嫩芽上的蚜蟲或是吸附在腫瘤上的水蛭大軍，擠到滿出來，動彈不得。儘管如此，還有接二連三，從城鎮來到這裡的人潮，愈來愈多。見了此情此景，我的胃突然覺得不太舒服，不得不到候車室的椅子上暫時避難。「想不到叔叔竟然有社交恐懼症。」說著，

S便笑了，總之，榛名行只能中止，改去附近的七重瀑布看看。這條林間小徑的往來人煙很少，輕易發作的社交恐懼症突然平復了。日本厚朴各種黃、褐、紫色的落葉，美麗地散落在前一夜受到雨水洗滌的路上。

七重瀑布的茶店貼著「燒饅頭」的海報，於是我試點一份來嘗嘗，那是一種像圓麵包的東西，包著味噌餡。看似來自東京下町的小老闆旅行團，各自背著相機，立好腳架，想要拍出理想的瀑布美景。為了對焦，他們像是說好了似地，紛紛將外套下襬翻起來，套在頭上，露出各自外套內裡的美麗圖案，在茶店休息的女學生們面前，一字排開，成了有趣的畫面。

走到溪畔瞧瞧，有一棟不知是別墅還是茶店的屋子，一隻普通翠鳥停在屋子前方魚池的岸邊，一名穿著青年團服裝的男子，揮舞著長棍子由下方走上來，在他的暴力下，膽小的鳥兒受到驚擾，飛進樹叢裡了。

本來不知道大杉公園是什麼樣的地方，原來是某神社的杉樹林。不過這片杉樹林很美。有股太古苔蘚的氣味。三名穿著破舊西服的小學生，以粗繩牽著一頭雪白的山羊，到處跑來跑去，不知道怎麼了，看到我在拍照，便來到我身邊，脫下帽子向我敬禮。不知道是不是把我誤認成學校的老師了。我想到以前在鄉下走路的時候，經常被不認識的小學生敬禮，突然覺得時代一口氣倒退回明治時代了。我想意識形態的階級鬥爭意識，尚未在這一帶普及吧。神社前的茶店有兩座葡萄架。一座種著普通的葡萄，另一座的山葡萄已經冒出紅葉。向店裡的老婆婆打聽，她說種了山葡萄也一直沒有結果。看來山葡萄果然不適合人工種植。

茶店附近有花田。我問老婆婆，是不是會把花剪下來，賣到高崎呢？她回答只是為了讓客人自由摘採的。也許是緊急情況的波瀾尚未席捲到這深山裡的小角落，成了異常悠閒又閑寂的另一方天地。穿透薄雲的陽光，暫時灑在這寧靜的村里，將大理花與大波斯菊照得光輝燦爛。

回到飯店吃午飯時，飯店又比昨天更熱鬧了。日本橋一帶的某金融機構的團體客，一行一百二十人抵達飯店。因此，樓上樓下的每一間房間都客滿了，藤椅甚至都擺到走廊上了。我們入住的時候早已說好，便暫時移到櫃台旁邊的房間。

窩在房間裡躺著，便能聽見人們在一旁樓梯與走廊來來去去，不曾間斷的腳步聲，聽起來猶如御會式[6]的太鼓聲，除了聲響之外，整個房子都隨著各種固定的震動週期，連續震動。這樣的狀態持續了一小時、兩小時、三小時，都沒有任何變化。

為什麼這種連續性的腳步聲與地鳴聲，可以持續這麼久呢？我開始思考原因。一百幾十個人，每組二、三人，輪流前往樓下的浴室，然後又回來，這時，每人踩響五層樓的階梯。除此之外，還要再加上走在平坦簷廊與走廊的聲音。假設一個人貢獻一百次聲響，一百五十人即為一萬五千次，假設我們用下午兩點到五點之前的三個小時，也就是平均分配到一萬零八百秒，算起來每一秒平均會稍微多於一次。除了浴室之外，還有

譯註6　池上本門寺御會式，紀念日蓮聖人忌日的法會。

房間與房間之間的交通，以加女服務生與男僕忙碌地來來去去，再考慮這一點，一秒似乎可以輕易達到三、四次。也就是說，正好與急速連擊太鼓的節奏相當，持續三個小時似乎也稀鬆平常。有趣的是，這數萬次的腳步聲不曾同時大量產生，十分巧妙地分配到固定的時間裡，儘管多少都會產生自然的偏差，在統計上，仍然能顯示固定的每秒平均腳步聲。容器裡的氣體分子在熱擾動（thermal agitation）的作用下，反覆衝撞器壁，應該有點類似這種狀態。於是，我們可以得知人類果然也是一種「分子」。

在房間裡滾來滾去，迷迷糊糊地想著這些事，很快地已經四點了。這時，我想大概是在樓下大宴會廳的表演會場吧，展開了東京音頭大會。差不多持續了三十分鐘。大會結束後，仍然有人陶醉其中，將狂歡的情緒帶上樓，在客房前的走廊踏步，以粗啞嗓子高聲歌唱、跳舞的小集團。

「請不要忘記巴士車票。」我聽見有人不斷地大聲呼喊。又過了一陣子，房子突然安靜了下來，宛如大風後的安穩寧靜，支配著這整個山腰。現在出現的，似乎是與一小時前的伊香保完全不同的伊香保。從三樓走廊仰望山腰的各大旅館，亮著燈的紙拉門隊列，不斷往上方延伸，在闃暗黑夜裡累積的光景，猶如龍宮城，猶如海市蜃樓，又猶如紐約的摩天樓街道。白天旅客如織，繁忙一時的各旅館玄關，如今幾乎已經看不到人煙，還能看到野狗在玄關一帶遊蕩。

為了補償我在團體客到訪期間，暫時被趕到小房間裡，這次他們將我移到空蕩蕩的三樓，最寬敞、視野最好的上等房間，從地面數來的五樓窗畔，傳來淙淙的溪水聲，以及從窗外高大杉樹梢滲進來的山雨聲，來到此處後，我首度落入安靜的睡眠中。

第二天，雨勢已止，天色卻未放晴。霧靄倏忽來去，山腰至山麓處不斷變換不同的景致。這是世上最美的天工紙偶戲。藍天乍現，旋即又飄起雨來。

我想起一家飯店，以水泥在前方崖邊打造了一座與道路水平的露台，下方成了置物空間。在這近代設備腳邊的路旁，有一尊古老的地藏石像，掛著紅色的圍兜，承受日曬雨淋，小巧地坐鎮於此，可謂奇觀。這尊地藏像自古以來便在此處，從前沒有人家時，便立於這半山腰的小路旁，守護著這座市鎮的逐步發展吧，不過祂不會說話，也沒辦法開口詢問。

午膳用畢，差不多該準備返家時，天色逐漸晴朗，烏雲終於散去，在東邊的山谷掛上一道彩虹橋。

回程的巴士靠近澀川時，同車四名似乎是知識分子的紳士，說起「耳朵一直嗡嗡叫」或是「伸了懶腰才好」之類的話。似乎在討論下山的氣壓變化，導致鼓膜受到壓迫。看來他們似乎不知道吞口水就會好了。看來國小、國中沒有教這種科學常識呢。學校的教育有時候會教一些不需要學的事，有時候又會忘記教一些該學的事。或是明教了，但是教法不對，或是學生態度不佳，教了等於沒有教。

抵達上野後，我們在地下室享用大阪料理當晚餐。提起土瓶蒸的土瓶提把，土瓶就倒了，湯汁都溢出來了。這是因為掛提把的耳朵間距太寬了。看來製作時也沒有考慮簡單的物理學呢。為什麼我們文化大國日本，這麼討厭科學，敬而遠之呢？我感到百思不得其解。

因為下雨的緣故，無緣得見榛名湖，卻又因為雨勢，得以靜養。不讀、不寫、不接電話、不收信、不會客，這三天洗去我的腦袋疲勞，因此，胃的不適感也減輕許多。而且還有意外的收穫，讓我觀察了飯店樓梯連續腳步聲的奇特現象。

我只泡了三次溫泉。泉水呈混濁的黃色，而且有一點涼，泡得不甚舒服。再加上要往下走五層樓，還要再往上走。溫泉池似乎一定會有階梯。到了溫泉地，倒也不是非要泡溫泉不可，不過總覺得有點遺憾。

其他的溫泉也是如此，泡在浴缸裡，在浴缸外的沖洗處洗澡的浴客，舉起水桶裡的水，嘩啦一聲往肩膀倒。水花濺到我的頭上，儘管我並不是一個嚴重潔癖的人，也會覺得不怎麼愉快。跟把留聲機帶到旅館，在旅館大跳東京音頭的那種人一樣，是天真無邪又善良，把造成別人困擾當成人情溫厚的證據，利他主義的日本國民。然而，對我這種不近人情的利己主義者來說，是一種困擾。我想，只要將浴缸稍微加高，就能解決問題了吧。

順帶一提，如果旅館能設置鋼筋水泥的階梯與舞蹈室、聲音不會外洩的留聲機播放室，對我們這種任性的人也是一件美事，不過，想要大鬧一番的人，也許會覺得不夠盡興吧。

以結論來說，最平凡、簡單又最有效的解決方法，便是像我這樣的人，不要在星期六、日或假日去這種地方。為了體驗這個平凡的真理，竟然費了這麼多工夫。要是有人說我腦袋不好，我也無話可說。

然而，我「不做什麼」，正代表我「學到經驗了」，亦為一件妙事。

返回東京後，疲勞似乎完全恢復了，身體狀況似乎也比之前還好，同時改善了工作進度。不知道是溫泉發揮了效果呢？還是在飯店接受的各種「教育」發揮了效果呢？這麼說來，在星期六出門，淹沒在人群之中，也許是一件意外的好事吧。

某位大科學家的弟子詢問科學家說：

「當工作遇到瓶頸，不知如何是好的時候，該怎麼辦呢？」

他回答：

「Do something. 去做點什麼吧，做什麼都好。接下來自然會出現曙光。」

當我的健康遇到瓶頸時，這回的伊香保是我的 something。世界上的為政者與思想家也在嘗試拯救這個世界脫離瓶頸的 something，不過目前尚未見到成效。說不定東京舞也是其中一個 something 吧。

◎作者簡介

寺田寅彥・てらだ　とらひこ

一八七八—一九三五

散文、俳句作家，也是一位地球物理學家，筆名吉村冬彥、寅日子、牛頓、藪柑子。他出生於東京，家中是高知縣士族，因生於戊寅年寅日，故名寅彥。高中時受英文老師夏目漱石、物理老師田丸卓郎的影響，立志鑽研文學與科學，並曾加入夏目漱石所主持的俳句同好團體紫溟吟社。於一八九九年進入東京帝國大學理學院就讀，並於一九〇八年取得理學博士學位，在學期間多次在雜誌《不如歸》上發表散文作品。曾任東京帝國大學教授、理化學研究所研究員，亦為帝國學士院會員（相當於中央研究院院士）。他的散文題材多元，除了寫在故鄉高知的風物、回憶，也自物理、數學、天災、自然科學等領域取材。著有《冬彥集》、《藪柑子集》等散文集。

石階上的城鎮

萩原朔太郎（はぎわら　さくたろう，1886 — 1942）

溫泉這種東西，四周是極為閑靜的，為了烘托溫泉的特色，必須採用奢華的生活感。至少不能是讓人感到陰沉的開朗、明亮感。

我的老家在前橋，打從孩提時期起，便經常前往伊香保。如果各位要問我「伊香保是什麼樣的地方？」我實在是很難清楚回答這個問題。不過簡單來說，從常識的判斷來說，它是**好溫泉**。這裡所謂的常識，指的是對自然及設施方面的中庸偏好。因此，喜歡比較新穎趣味，如赤城或輕井澤那類高原風貌的人；或是反過來喜歡古典趣味，如鹽原那種傳統景色（有山、有溪谷、有瀑布、有紅葉的景致）的人，又或是追求其他特殊情趣的人，伊香保則是不怎麼討喜的地方。然而，其平凡無奇之處，正是它沉靜穩重的**落落大方**之處。所謂平凡之處，絕非使人感到厭煩的那種平凡。換句話說，猶如我們在中產階級溫良好人家的女兒身上看到的，某種親切、柔和的自然。雖然說不是特別好，卻也不差。對於喜歡新奇的年輕人來說，無法感到滿足，對於上了年紀的老人來說，又缺乏漢詩的風情，一般來說，喜歡光顧伊香保的，以乖巧穩重的婦女居多。我之所以說伊香保符合一般常識，指的就是這個意思。

然而，儘管說它比較女性化，依然是山裡的溫泉，樹木繁多，終年雲霧繚繞，可以充分感受到山巒的氣息。隨處可聞樹鶯及鴝鳥的鳥囀，林木蒼鬱，便已構成山間的另一片天地，乃一新鮮的溫泉小鎮。若是沒有前述的特別需求，這是一處任誰都能感到嫻雅好感的溫泉。關於設施這方面，也沒有使人感到不愉快的部分。若是要與箱根一帶相比，整體來說，自然算是鄉下了，不過，也不會給人那種討厭的鄉下俗氣感。在千明或木暮那種一流的旅館，仍然可以享受到相當愜意的住房體驗。

我去過許多（雖說是許多，範圍都在東京附近）的溫泉，目前沒碰上一個理想的溫泉。每個地方都不夠有趣。像是就中、信州的澀或是湯田那類農夫味很重的溫泉，我最討厭的就是那股「鄉下人溫泉療養處」的感覺。去了這些地方的溫泉小鎮，氣氛就像農村，不僅死氣沉沉，就連周遭的自然景色都給人一股農民的感覺，讓人快要喘不過氣來。我喜歡新鮮翠綠這種開朗活潑的感覺，最討厭農民那種俗氣又陰沉的感覺。尤其是野州的那須，可以是最具代表性的「鄉下人溫泉療養處」的溫泉地，然而，自然景色卻是極為明快的高原景觀。順帶一提，那須野的自然景色非常棒。類似輕井澤，雖然感覺有點粗野，仍然能給人一種處女地的新鮮感覺。每一個角落都充斥著「青春」或「年輕」這類抒情的印象。稍微走進附近的森林裡，也能感受到雨天般的綠意、高雅的藍天。果真具有年輕日本的年輕人情趣。那是高貴又有教養的情趣。與這新日本風格的那須野對照之下，那須溫泉則給人晦暗的感覺，使人不快。至於原因何在呢？那座溫泉總會有鄉下來的農民在溫泉角落唸佛、挑逗那些不潔的女性，把整個鄉下的氛圍搬進浴場，與周邊新鮮的自然景色一點也不協調。

然而，即便不是鄉下風格的溫泉，我也討厭鹽原那種溫泉。那類型的風景，根本已經過時了，最近的年輕人完全不感興趣。這一帶的景色有種南畫[1]的老氣感，像舊時代人喜歡的裝飾文字，在今天看來，反而是庸俗了。再加上那一帶，像福和戶那種**一無所有**的溫泉、或是兩旁都有人家的一般鐵軌那樣的溫泉，總覺得灰塵很重，沒有**重點**，讓人不安，沒辦法讓人安心。溫泉還是要在山裡的峽谷，必須在這裡自成一格才行。除此之外，我還能再舉出很多種我討厭的溫泉類型。像是伊豆的伊東，我也討厭海岸的溫泉。所有海岸的溫泉，都缺乏溫泉的情趣。呈現普通鄉下小鎮般（漁村一般）的氣氛，與溫泉小鎮特有的氛圍格格不入，兩者混在一起，反而給人一股坐立難安的廉價印象。再加上又位於平地，少了雲霧或山嵐等溫泉特有的情趣，感覺一切都很乾燥。尤其是伊東，根本是無聊透頂的溫泉，其他像是熱海、別府，在沒有溫泉味這一點，則是與伊東大同小異。

這樣看下來，好像全都是我討厭的溫泉，完全沒提到我喜歡的溫泉。說到我喜歡的項目，首先是感覺明亮，換句話說，要具備「寧靜的奢華感」。也就是說，跟鄉下溫泉療養處「熱鬧又陰沉」恰恰相反。不管是人還是建築，都不會混入那些吵吵鬧鬧的、髒兮兮的鄉下人，而是都會風、感覺明亮的，小巧舒適的地方。溫泉這種東西，四周是極為閑靜的，為了烘托溫泉的特色，必須採用奢華的生活感。至少不能是讓人

譯註1　受到中國南宗畫影響的畫派，又稱文人畫。

感到陰沉的開朗、明亮感。以衣服為例，我喜歡鮮明的色彩，像是白色、青色、水藍色，以建築物來說，比起昏暗的鄉下房子，我更喜歡明亮的西式建築，或是輕快的都會風房屋。我對於溫泉地或避暑地的興趣，多半追求浪漫的夢幻情趣（有如捕捉山巒深處的美麗生活夢想，也就是對山間都市的海市蜃樓般的幻想）。順帶一提，若是當地能反映出周邊的特殊氛圍，更能加深我對該地的印象，使我深受吸引。（不消多說，這就是**協調的反應**。宛如綠意深處的白色長椅那般和諧。不協調的都會風，反而會讓難能可貴的自然美流於俗鄙。）

因此，根據我的喜好來說，先就關東附近來說，稱得上「喜歡」的溫泉，應該只有箱根而已。日光與輕井澤倒也不差，不過那並不是溫泉，另當別論，在溫泉這個類別，我的第一名是箱根。人工方面或溫泉地的氣氛當然不用多說，就自然的視野來說，箱根的感覺也特別好。整體明亮開闊，還有一股與新綠相似的清新氣息。箱根的氛圍並不是屬於舊日本，而是屬於新日本；並非老人的喜好，而是年輕人的喜好。繼箱根之後，我喜歡哪裡呢？這個問題實在很難回答，如果說不討厭的話，我會先舉出伊香保。前面也提過，伊香保是中庸的溫泉，以我的嗜好而言，說**喜歡**並不恰當，但是完全沒有**討厭**的部分。並沒有那種「好喜歡」的強烈印象，卻是每次去都能感到熟悉，比較不厭膩的溫泉。秋草在日本趣味中，象徵溫穩嫻雅，這個評語一樣適合伊香保的日本趣味。並不特別明朗，也不怎麼昏暗，正好在明暗的中間，這就是伊香保的氛圍吧。

伊香保的特色，誠如所有人的感受，正是位於石階上的市鎮。實際上，我們甚至可以說伊香保是一個以石牆砌成的市鎮。石階的兩側開著販賣紀念品寄木細工[2]的商店、適合這座市鎮的時髦小間物屋[3]、陳列著舶來香菸的店、中庭有迴廊，兩、三層樓高的溫泉旅館，家家戶戶緊緊相連，不規則地排在一起，好不熱鬧。石階馬路的一

譯註2　將多種木材組合成幾合圖案的盒子，是一種精緻的傳統工藝。

譯註3　販賣女子髮飾、彩妝的商店。

頭，帶著溫泉氣味的水蒸氣源源不絕地冉冉升起，給人一股溫泉地才有的特殊感受。由於山間霧氣特別重，水蒸氣總會將鎮上店家門口的燈籠染成紅霧，加深了山間都市的奢華感覺。此外，整體來說，伊香保有許多狹窄的小徑與小巷，是一個捷徑特別多的市鎮。闖進別人家的中庭，再到大馬路，或是經過狹窄的石牆下，走到巷子裡，或是在像後門般的暗巷繞行，還有許多忽上忽下的小坡道。也許是我曾經聽說，去了義大利的拿坡里時，市區的房屋不甚整齊，一會兒上坡，一會兒下坡，穿越中庭，從一條巷子彎進另一條巷子，有許多像迷宮似的街道，於是，當我走在伊香保的後巷時，總覺得自己似乎置身於南歐的鄉下城鎮。

目前伊香保的第一印象，在於電車車站附近，那一帶的感覺也不差。首先，在那樣的山裡，竟然有電車的車站，讓那帶的氣氛特別明朗。彷彿在深邃的森林中，見到白灰岩洋房的感覺。那是一種新鮮的喜悅（讓心靈視野延伸到遠處的喜悅）。適度的文明人工物質，能讓自然更加輕快，為森林、叢林與山巒，灑上些許香水的氣息。綠蔭下的白色長椅、野景中的女用陽傘，都是類似的意思，是一種良好的人工反應。在新綠中奔馳的電車，應該是日後的伊香保回憶中，情緒最飽滿的事物吧。然而，伊香保的設計師並沒有充分地發揮這份情趣。對伊香保來說，那一帶正是最重要的第一印象，必須採用更清新的色調。整體來說，伊香保的人並不懂得如何以人工方式來開發自然美。這一點倒是很鄉下。

伊香保最好的季節便是從晚春的四、五月到初夏的六、七月。盛夏的伊香保，自然景色略遜於初夏，最糟的就是如文字所示，吵雜熱鬧到了極點。夏季前往伊香保的人，通常從旅館開始受氣，於是接二連三地覺得整個伊香保都很差。夏季的伊香保可不是我們該去的地方。溫泉地的氛圍在於「寧靜奢華」，而不是「熱鬧吵嚷」。話說回來，秋季的伊香保也不太值得欣賞。儘管自然相當美麗，卻擠滿了附近的農民，伊香保本身的空氣簡直成了鄉下的溫泉地。那個時節的伊香保，感覺有點灰灰的，並不是明亮舒適的地方。

因此，伊香保非得在春天造訪不可。即便是春天，山林的春季來得比較晚，伊香保的春天應該是五月或六月吧。這個時期的伊香保真的很棒。除了伊香保之外，溫泉小鎮的春夜總是別具一番風情。流經城鎮後方溝渠的溫泉氣味、朦朧的紅色燈籠、枕畔傳來的溫泉瀑布聲，總會給人一股難以言喻的春季風情。隔著浴室的玻璃拉門望向新綠的山巒，傳來樹鶯的鳥囀。想要品味「寧靜的奢華」，唯有在春季造訪伊香保。在這個時期來到伊香保，絕對不會給人不悅的感覺。

對於伊香保的浴客來說，散步小徑已經成了他們的日課，那是一條沿著山崖前往泉源，十幾町長的路，中途有一座橋，從那邊可以往上走到榛名。這座橋附近，有一道比較高的山崖，那裡有一間叫做湯元飯店的木造飯店兼餐廳。那是一棟平凡無奇的木造建築，以飯店來說，實在是非常簡便，感覺更像是西式的蔬食餐廳。因為他舊得恰到好處，再加上地點的關係，帶點寂寥的雅致，有種寧靜廢屋的情趣。晨昏散步的回途，走進這家飯店安靜的餐廳，啜飲充滿冥想氣息的紅茶，十分符合溫泉區的寂寥生活。

我曾經去過一次榛名。依稀記得湖畔亭一帶，湛藍的湖水上，飄著一只宛若天鵝的白色小船，美得宛如一場夢。然而，以山來說，榛名是沒有特色的一座山。不像赤城是西畫裡的那種山，也不像妙義那種文人畫風的山。跟伊香保的感覺相同，都偏中庸。此外，伊香保附近有一些小型瀑布與小山，經常都能看見貌似夫妻的浴客在外散步，不過能舒適散步的地點卻少得可憐。輕井澤附近能找到不少帶點冥想風格、適合散步的路徑（那一帶本來就為了散步的目的，刻意種植不少樹林，打造散步區。），伊香保幾乎沒有所謂的散步路徑。（只要加入少許人工的園藝，當然可以輕易具備散步的情趣。只要沿著溪谷的林子開墾道路，就可以打造不錯的散步路線，附近的山路只要稍微整理一下，或是加上設施，也能打造散步路線。）整體來說，在溫泉方面，伊香保全都劣於箱根，不過，和其他如鹽原等地比起來，倒是優秀多了。以關東地方的溫泉來說，它應該可以歸類為「好溫泉」。尤其是就我所知的範圍來說，它位居上位。

代表本溫泉氛圍的浴客，主要都是城市的中產階級，特別是他們年輕的太太與女兒（話雖如此，並不是大磯與鎌倉那種近代風格，頂著一頭豐厚髮髻，睫毛纖長的女孩們。會讓人想起《不如歸》[4]的女主角，有一點舊時代的溫順，看似體弱多病，雙頰纖瘦的女子）。前面也提到，喜歡光臨伊香保的多半是女性，也就是說，這些女性正是這類中庸的太太與女兒們。伊香保真是不可思議，上上下下都偏女性化，而且中庸。

最近，我的朋友，如前田夕暮與室生犀星，都來過伊香保。這裡也是我與谷崎潤一郎初次見面的地方。他們對伊香保的評論，大概也會是無可無不可吧。

我打算一路沉睡，直至子持山的楓樹嫩葉轉紅，不知你意下如何？

《萬葉集》

譯註4　德富蘆花的小說。

◎作者簡介

萩原朔太郎・はぎわら　さくたろう

一八八六—一九四二

詩人。出生於群馬縣。中學時期開始寫作短歌寫作並投稿於藝文雜誌，後傾倒於詩人北原白秋，轉而投入詩的寫作。同時，與詩人室生犀星成為摯交，共同創辦人魚詩社和雜誌《感情》，提倡重視情感的新式抒情詩。一九一七年出版首部詩集《吠月》受到詩壇高度評價，確立日本口語詩的里程碑。隨後發表詩集《青貓》、《純情小曲集》和詩論《詩的原理》等，以孤獨、倦怠等語彙表達貼近當代情感。無論創作或理論都取得高度成就，深刻影響後輩詩人，被譽為日本近代詩之父。

山間溫泉之旅——發甫溫泉的回憶

上村松園（うえむら　しょうえん，1875 — 1949）

有兩、三處溫泉散布於發甫當地，似乎全部加起來才總稱為發甫。不過，我們的目標並不是這個山腳下的溫泉地，而是要再往山上走，人稱「天狗溫泉」的溫泉。

信州有一個名為發甫，地名相當罕見的溫泉地。在畫家與文人雅士之間小有名氣，不過，一般大眾的知名度似乎還不高。這是因為幾個原因，其一，當地非常鄉下，遠離大都市，地處偏僻，有一點荒涼。其二，交通非常不方便，還有雖然是溫泉鄉，也沒有整備新的設施，這自然成了無法吸引都市人的原因吧。前年，松篁[1]在那裡待了幾天，寫寫生、爬爬山，玩了數日，他說：「這裡非常安靜，當地人又淳樸，是一個很棒的溫泉區，希望母親能來走一遭。」於是約了我，我們正好在去年六月七日從京都出發，去了一趟發甫。

當時的一行人，除了我與松篁之外，還有兩、三個松篁的朋友。

我們搭夜班車從京都出發，夜色將盡之時，在松本轉車出發。結果在朝霧尚未散去之時，我們已經抵達發甫了，沒想到居然這麼近，真教人意外，然而，這仍然是一個遠離都會的山腳下鄉間，感覺是個十分舒爽的地方。

有兩、三處溫泉散布於發甫當地，似乎全部加起來才總稱為發甫。不過，我們的目標並不是這個山腳下的溫泉地，而是要再往山上走，人稱「天狗溫泉」的溫泉。「天狗溫泉」正如其名，也許是從前天狗棲息的地方吧，是一個極為幽邃的地方。就連這山腳下的溫泉地都已經是遠離塵世的寂靜土地了，那裡居然比這裡更幽邃，到底會是什麼樣的地方呢？我滿懷期待，成了騎馬上山的旅人。

然而，這名手執韁繩的男子，是個不可思議的人物，竟能與我談起繪畫，甚至知道我是誰，甚至還能提起京都或東京等大師的名號，跟我聊了不少話題。前面也提過，畫家與文人經常來發甫這個地方，也許是因為這個緣故，這男人也耳濡目染了吧。他還告訴我：「對面那棟房子，是東京的大觀老師的別墅哦。」

這男人一定是當地的居民吧，他的生活相當富裕，就算不當馬伕，日子也過得

譯註1　上村松篁：一九〇二—二〇〇一。日本畫家。松園之子。

去，不過，也是因為日子過得闊綽，一直玩樂也嫌無聊，出於這種心情，才會牽著馬匹，偶爾從事服務旅客的工作。

由於這一號人物，我這個暫時騎馬的旅客，一點也不無聊地抵達山上的天狗溫泉。我騎乘的馬匹，個性非常溫馴，第一次騎馬的我，也能在沒遇到任何危險的情況下，悠然地騎著馬。馬背上的馬鞍兩側，有兩個供旅客乘坐的架子，一邊可以坐一個人，也就是說，平常會載兩個人，不過，現在只有我一個人騎乘，於是在另一邊放了很多行李，維持重量平衡。搖搖晃晃地登上信州的山路，這種心情真是筆墨難以形容。

山上有一片白樺樹林。那是一種難以言喻的靜謐、高雅的氣息，朝霧猶然籠罩著山林，清晨陽光投注的景色，為人帶來無法以三言兩語道盡的龐大詩味。尤其是樹木之間，明明已經是六月，卻還能隱約窺見遠山的白雪，看著遲開櫻花繽紛飄落，使我湧現一種感覺，此情此景可能已經形成一幅微妙的繪畫，我也成了這幅畫中的一個添景。

天狗溫泉的旅館幾乎就在山頂附近，不過還是一家溫泉旅館。抵達之後，實在是太冷了，我立刻借來薄鋪棉的褞袍[2]，先躺在客房正中央打滾，接著以雙手枕著頭。這裡是山中的獨棟旅館，讓人非常放鬆。我躺下來之後，聽著小鳥以類似山中鳥類的聲音啼叫。那是一種難以言喻的爽快感。松篁他們在半路寫生才上山，過了一會兒才到達。

出門旅行，難得能有這麼悠閒的心情。討厭設備不夠完善的人，或是覺得當地人不夠親切的人，千萬別來發甫，如果你不是這種人，這裡可是一個不錯的溫泉勝地。

譯註2　內裡鋪棉的防寒長袍。

◎作者簡介

上村松園・うえむらしょうえん

一八七五—一九四九

女流日本畫畫家。本名上村津禰，出生於京都，老家於四條通經營一間茶葉舖。自幼展現繪畫天分，聞名於街坊巷尾、騷人墨客之間。一八八七年進入京都府繪畫學校就讀，先後師事四條派畫師鈴木松年、竹內棲鳳，十五歲以《四季美人圖》獲頒內國勸業博覽會獎狀，之後於日本美術協會、日本青年繪畫共進會、京都新古美術展覽會等，展出獨具個人特色的美人畫而連年獲獎，並逐步建構起自己的名聲。畫風深受京都傳統文化影響，善於描繪高雅如珠玉般澄澈的美人圖，經常以對母親的思慕，和謠曲為題材進行創作，為近代美人畫的完成者之一。一九四八年獲頒日本文化勳章，為史上第一位獲文化勳章的女性。

山中溫泉雜記

折口信夫（おりくち しのぶ，1887 — 1953）

出羽奧州那邊的人，與其享受泡溫泉的樂趣，更像是把泡溫泉當成一年之中的重要活動，至少會待一星期、半個月，或是在溫泉地生活。

山中泥蜂巢，由此出入去，佇立於街頭，四下闃無聲。

上次造訪此處，乃是今年五月廿日，越過板谷來到米澤，鎮上的花開得正盛。這一年的雪融得特別晚。當我表示想要前往高湯[1]時，不管是哪一處商家，都不肯開車送我過去。大家都坦然自得，根本不打算競爭，只說要再等上半個月，否則船阪峠以後的路段不會開放。其中有一戶幫我用警察電話[2]詢問白布的旅館。

對方回答路上有兩、三處積雪崩塌的地方，不過大多數都落進山谷裡，不要緊，應該進得來吧。

於是我們在車上載了一把鏟子，再加上一名**壯漢**當助手，這才開進山裡。最後我們平安抵達東屋。後來又過了兩個月，我在七月七日再度來到白布高湯，已經是夏季了。家家戶戶的每一個房間裡，幾乎都住著人，每一分每一秒，縱橫交錯的走廊都能聽見人聲。

待了十天，浸泡溫泉的次數也固定了，每天泡四次已經是**極限**了。剛來的那陣子，早上醒來就開始泡，吃完飯也泡，書看累了還是泡。就這樣，直到睡前最後一次泡溫泉，一天也不知道泡了幾次。也許是由於這溫泉會降溫的**緣故**，所以我不太會感到疲勞。

一點過後，陽光從西邊簷廊處照進來。山裡的陽光讓人冒汗，卻沒有**熱度**，倒是還能待得住。不過，三點半過後陽光沒入前山之中，便不再直射了。在這段時間以前，我一定會出門蹓躂。自古聞名的最上高湯，與此處隔了一座山，岩代國的信夫高湯與此處的白布，在這五里[3]的距離之內，就有三座高湯。它們並不是峽谷內的溫泉，而是位於視野開闊的位置，故有此稱號。

譯註1　指位於高處的溫泉。
譯註2　直通警察專線的電話。
譯註3　一里約四公里。

白布高湯前方稍有遮蔽物，儘管如此，突出於兩側的低矮山巒，仍能見到遠方的嶽山朝日，看見遠山的日子相當多。風景劃一，使人萌生懷舊思緒的，自然是信夫高湯了。然而，在米澤、新庄、鶴岡等車站看到的宣傳海報，大力推薦了今年的信夫溫泉，我想那邊山上為數僅少的老溫泉旅館，八成會被塞爆吧。應該也會有客人會請求屋主讓他們住在作事小屋[4]或倉庫吧。最上的高湯，我顧慮的第一點就是人潮太多了。出羽奧州那邊的人，與其享受泡溫泉的樂趣，更像是把泡溫泉當成一年之中的重要活動，至少會待一星期、半個月，或是在溫泉地生活。於是那邊村裡的女性與年輕人，將會背著大行李，翻山越嶺而來。也許是因為這個緣故，最上湯泉不僅如此，還有泉質本身似乎對人體有益。東北有不少酸川、酸個湯等等，嘗起來似乎酸味濃郁，會刺激皮膚的名溫泉，不過，用我們近代語來說，與其說是酸味，反而更接近澀味了。在最上高湯這個狹小的山間溫泉村裡，居住著驚人的人數。旅館之間，幾乎能從二樓簷廊跨到另一戶了，距離十分擁擠。儘管如此，卻有一股遼闊的感覺，可以說是這個溫泉治療處的優點吧。

日本打碗花，今日尚未凋，山中一陣雨，冒出一身汗。

本來以為是歌詠最上溫泉的歌，這首歌反而有太多鄉下的風味了，不是很好。說不定是在與藏王相隔一座山，另一頭的青根溫泉寫的吧。說到創作動機，只是片刻的浮光掠影，這個部分已經不存在於我的記憶裡了。

當藏王山的修行者結束山上的修行之後，如果他們下山的第一件事是來這座高湯，山腳下的解禁場正好就是上山[5]。那裡相當繁榮，也是一個年代久遠的溫泉治療處，卻仍然保有剛開發的地區。在青翠的芝草山林之間，有白色的砂地，那裡成了放置材料的地方。鎮上竟傳來意料之外的三味線琴聲。

譯註4 蓋房子時，首先搭建的部分，是一種神聖的地點。

譯註5 地名，位於山形縣東南部。

從此處往西，開車假道米澤海道，或是搭乘沿著這條路的奧羽本線火車，在相距一丁場[6]的地方，有赤湯溫泉。位於翠綠稻田中，倚著一座小岩山腳下的地方。似乎比上山更偏僻了，遠離溫泉村，在海邊散步，可以看見風情萬種的村落人家，散布各地的模樣。從這裡再往西一丁場，就是米澤。與白布之間，開車還不到五十分鐘，所以我經常不小心就下山了，來到米澤。

暑熱意外下山去，一入市鎮復疲累。

沒有百貨公司的都會，總讓人感到安心。光是不誇耀購買能力，就能讓鎮民的生活維持沉靜的樸實感了吧。

儘管不到半個月，不久之前才開通的火車通往越後。這條路線叫做米阪線，名字有點像是小規模商人的招牌。不久前，我才搭乘這輛火車前往越後。進入新潟後得知目前小國與金丸之間的軌道尚未開通。

當時我打算前往山下一個叫做鷹巢的溫泉。去年秋末，鐵軌剛開通的小國村，似乎已經是終點站了，車站前有許多運輸業者與餐廳。不過，我想這半個多月來，大部分的旅客還是不曾停留，回到寧靜的山間旅館去了，儘管內容不同，田山先生[7]的作品《重返草野》（再び草の野に）浮上心頭。到了雅致的餐廳，我被帶往二樓，可以瞭望河川的宴客廳，本來打算請他們烤香魚，他們說香魚的禁令尚未解除。平原地區的河流大多已經解除禁令，差不多是重新開放**捕撈**的時期了，據說山裡的香魚還太小了。我總會在旅行的地方點香魚，到了十月底，即使一片**荒涼**，有些地方也不曾禁獵，雖說是禁獵，有些地方甚至不知道香魚的存在。將餐點外帶回家，要價竟然是一般城鎮的兩倍以上。

譯註6　指過去宿場之間的距離。

譯註7　田山花袋，一八七二—一九三〇，日本作家。

我想這個狀況頂多再維持半個月，直到火車通車的時候吧，想到這點就覺得有點好笑。

越後金丸、越後片貝等新的車站，才剛落成，所以人煙稀少，在深山中一片雪白、悄然無聲。汽車經過它的前方，抵達心目中的溫泉地。

到了秋末，旅館老闆又會打烊回家，直到深春、冰雪消融時才會回來。說是從信州佐久那邊來的。說著，他又說這邊的景色，有點像是千曲川的上游。運用景色的方式非常好，不過，諸如河裡的砂石，首先，岩壁的色彩一點也不好看。稀釋了原本的韻味。我在這裡待了一晚。大概是村子上方的國中生吧。來了五、六個人，在旅館院子的岩石下，搭了帳蓬。打從幾年前，我開始旅行之後，經常遇到這種露營團體。

順著這條荒川而下，我發現有幾間旅館，有一間叫高瀨，還有另一棟外湯[8]，隨後便來到湯澤湯泉。我在那裡的一家兩側跨在山間溪流盡頭的屋子休息，等待由越後下關車站出發的火車。村民的孩子們挖掘河裡的泥砂，打造一個小規模的泥巴浴缸，他們的遊樂場就在眼前。儘管溫泉的水量充沛，卻要將泉源搭建成有好幾個房間的家庭浴池。也許是最近的客人們喜歡這種類型吧，我覺得旅館有點可憐。下關村每逢六齋市[9]的日子，總是好不熱鬧。逐一欣賞各大攤位，發現每一個角落都擺放著都市化的物品。所見之物皆是些馬口鐵、賽璐珞製品。看來這就是所謂地把低俗物品視為骨董的秘訣了。來到這種深山地區，卻已經發展，與阪町一脈相承。

今年也不知道是怎麼回事，不管我上哪詢問，對方都回答山裡多半抓不到岩魚。甚至沒什麼機會可以嘗到**櫻鱒**與**鈍頭杜父魚**。白布也是如此，來到高湯時，河川也會變細，儘管如此，依然可以隨時開放捕捉。有時候還能釣到大魚，我問：

「是在這條河捉的嗎？」

對方回答：

譯註8　設於旅館外的浴池。

譯註9　在每個月的八、十四、十五、二十三、二十九、三十日等六天辦理的市集。

「一定是從其他河捉來的吧。」

雖然很小條，沾麵衣之後油炸，反而比較好吃。溫泉往下游一里處，有大白部村與小白部村，水源似乎很豐富，儘管位於距山谷相當高的位置，還能開墾出許多的田地。水稻也長得很好，秧田還盛滿了水，並沒有種植豆子。說到豆子會想到，據說布穀鳥會來這座旱田搗蛋，明明季節都還沒結束，牠們一開始就不曾發出啼叫聲。也許不住在這一帶的山裡吧。

偶爾，小杜鵑也會在旅館右方，背對著山的林中，不停鳴叫。也就是所謂的**杜鵑啼血**，那聲音非常微弱，間奏細膩。這座山全都是樹鶯，除此之外，幾乎聽不到鳥囀。直到如今，即便是出谷黃鶯，也無法發出清亮的音色了。山的斜坡與較平坦處，大多長滿深邃茂密的高野竹。不管到那個地方，窩在竹林中啼叫，似乎成了樹鶯的習性。剛來山上的時候，每天都會嘗到高野竹筍。後來就不曾在餐桌上看到它了。一問之下，才知道已經太老了，咬不動了。從前的人們就會食用劍筍，並不會覺得奇怪。

據說將竹筍製成罐頭送到鎮上，這件事的歷史還不出十年。我彷彿還記得，最近才在報紙看到，這是由於東北的農村為了連年的荒年所苦，想出來的對策。

耳聞竹林鶯啼聲，時而立於青杜鵑。
猶記種種眾人語，登山毫無憤慨心。

說來好笑，我與劍筍特別有緣，今年吃了好幾回。七月五日，我前往鶴岡町，參加先師三矢重松[10]老師的歌碑揭幕典禮，後來一直走在出羽的山裡，第二天的六日，我位在羽黑山頂上的齋院。山上的宮司[11]是我的朋友，在他的盛情款待之下，我用了晚餐

譯註10　一八七二—一九二四。日本國學家。
譯註11　二次大戰前的神職人員位階。

與宵夜，全都是山裡的食材。其中，我印象最深刻的便是月山筍。雖然都是劍筍，不過羽後三山一帶的筍子比一般高野竹更肥美。去鶴岡的市場一看，也能看到大量劍筍。仔細一看，長度跟茗荷相仿。我想每個人看了都會喚起舌尖的記憶吧。在深山與原野的路上，想起這段回憶，真教人難耐。這是只有旅人才能體會的經歷。行經這些道路，往上走二十町，來到與高湯不同的泉源。雖然是小小的湧泉，叫做御釜，模樣宛如三山中的湯殿山，溫泉沿著岩石落下。當地人認為這座溫泉是神聖的存在，不過白部村民卻引了溫泉開設溫泉旅館。御釜往下二町處，有一間看似危險的二層樓建築，便是那裡了。它叫做新高湯。從高湯走過去，路程剛剛好，所以我去了三次。我也熟識旅館的老闆娘，她端出各種山菜招待我。還帶我去看擺放醃漬食品的房間，向我說明。我試了各種菜，像是**艾麻**、**犬唐菜**、**雞頭蓮**、**鄉蕨菜**、**盆菜**，大部分都忘了。其中，**鄉蕨菜**有一種奇異的口感。我喜歡犬唐菜，跟我時常從信州山上買來的**款冬**是同一種東西。我認為**款冬**才是真正有香氣及風味的山菜。我曾經送給柳田國男[12]老師，老師立刻愛上**款冬**。

暮時行駛深山中，輾斃鳥道之戲鳥。

出門旅遊前，我與齋藤茂吉[13]先生碰面。向他請教優良的出羽溫泉，他告訴我除了白布，就是肱折溫泉了。我越過雄勝、院內，在秋田縣的鷹之湯過了一夜，又回到新庄，進入肱折，在這裡過了一夜。肱折果然不錯。想不到從新庄前進到那麼深的山裡，竟然有那麼**扎實**的溫泉小鎮。每戶人家都有巨大的真言[14]佛壇，大黑柱全都光可鑑人。我啜飲溫泉水，那是我有生以來前往的各地溫泉之中，最美味的溫泉。我想是含有比較多最能滿足我味蕾的碳酸泉質的緣故吧。應該還有一些其他的特殊物質。我以此溫泉為中心，走遍各地各種湧泉。這裡的標高偏低，比起現在的盛夏時分，希望

譯註12 一八七五—一九六二。民俗學者。
譯註13 一八八二—一九五三。詩人、精神科醫師。
譯註14 指真言宗。

能在涼風吹拂，農村忙碌的時候，再過來安靜地泡溫泉。

妙齡女子不說話，便為人們視為美，山中女子說好話，可惜無人肯聽聞。

到了八月中白，我動了去東京一趟的念頭吧。順便回到栃木縣。如今，我在奧那須的大丸塚。坡度傾斜的漫長溪谷，從高處落下，到了此處突然變緩了。從兩側山岩之間，流出溫泉，匯流成溫泉河。我也在這裡欣賞了農曆七夕的星空。一樣泡在河裡的溫泉，眺望八月九日之月。心想，我將在此待到月圓之時。

何以必須回東京？風聲響徹山萩原。

◎作者簡介

折口信夫・おりくち しのぶ

一八八七—一九五三

歌人、日文文學研究者、民俗學者，出生於日本大阪，筆名釋迢空。自中學時期便熟讀古典文學，並開始創作短歌。一九一〇年，國學院大學國文科畢業。畢業後雖曾擔任大阪今宮中學的教師，但僅兩年多便辭職並選擇到東京，將熱情傾注於日本文學研究與短歌創作。一九一七年，加入短歌雜誌《阿羅羅木》。一九二四年，與北原白秋等人創立短歌雜誌《日光》。一九二五年，出版以四句詩形式創作的首部歌集《海山之間》。另外，師事柳田國男，致力於日本民俗學的開拓，將民俗學研究導入日本文學。著有歌集《春的昭告》、詩集《古代感愛集》、小說《死者之書》、論著《古代研究》、《日本文學的發生序說》等。

打開文豪最自在的秘密空間

文豪書房的二三事與泡湯的放鬆時光

書　　名　打開文豪最自在的秘密空間
作　　者　北原白秋、宮本百合子、岡本綺堂 等
譯　　者　侯詠馨
策　　劃　好室書品
特約編輯　陳靜惠、陳楷錞
封面設計　謝宛廷
內頁美編　洪志杰

發 行 人　程顯灝
總 編 輯　盧美娜
美術編輯　博威廣告
製作設計　國義傳播
發 行 部　侯莉莉
財 務 部　許麗娟
印　　務　許丁財
法律顧問　樸泰國際法律事務所許家華律師

藝文空間　三友藝文複合空間
地　　址　106 台北市安和路 2 段 213 號 9 樓
電　　話　(02)2377-1163

出 版 者　四塊玉文創有限公司
地　　址　106 台北市安和路 2 段 213 號 9 樓
電　　話　(02) 2377-1163、(02) 2377-4155
傳　　真　(02) 2377-1213、(02) 2377-4355
E-mail　service@sanyau.com.tw
郵政劃撥　05844889 三友圖書有限公司

總 經 銷　大和書報圖書股份有限公司
地　　址　新北市新莊區五工五路 2 號
電　　話　(02) 8990-2588
傳　　真　(02) 2299-7900

製版印刷　卡樂彩色製版印刷有限公司
初　　版　2023 年 2 月
定　　價　新台幣 380 元
ISBN　978-626-7096-28-4（平裝）

國家圖書館出版品預行編目 (CIP) 資料

打開文豪最自在的秘密空間：文豪書房的二三事與泡湯的放鬆時光 / 北原白秋、宮本百合子、岡本綺堂等著；侯詠馨 譯 .-- 初版 . -- 台北市：四塊玉文創有限公司 , 2023.02
240 面；14.8X21 公分 . -- (小感日常：19)
ISBN 978-626-7096-28-4 (平裝)

861.62　　111022234

SANYAU http://www.ju-zi.com.tw 三友圖書 友直 友諒 友多聞

三友官網　三友 Line@

日常小感